致力于中国人的教育改革和文化重建

立品图书·自觉·觉他
www.tobebooks.net
出品

东海先生作品集 06

# 春秋精神

## 一个儒者的历史随笔

余东海 著

中国友谊出版公司

图书在版编目（CIP）数据

春秋精神：一个儒者的历史随笔 / 余东海著．－－北京：中国友谊出版公司，2016.6
ISBN 978-7-5057-3771-6

Ⅰ．①春… Ⅱ．①余… Ⅲ．①随笔－作品集－中国－当代 Ⅳ．①I267.1

中国版本图书馆CIP数据核字（2016）第147176号

| | |
|---|---|
| 书名 | 春秋精神：一个儒者的历史随笔 |
| 作者 | 余东海 |
| 出版 | 中国友谊出版公司 |
| 发行 | 中国友谊出版公司 |
| 经销 | 新华书店 |
| 印刷 | 三河市华晨印务有限公司 |
| 规格 | 787×1092毫米　16开 |
| | 14.25印张　147千字 |
| 版次 | 2016年9月第1版 |
| 印次 | 2016年9月第1次印刷 |
| 书号 | ISBN 978-7-5057-3771-6 |
| 定价 | 38.00元 |
| 地址 | 北京市朝阳区西坝河南里17号楼 |
| 邮编 | 100028 |
| 电话 | (010) 64668676 |

# 目 录

从江湖"老枭"到《春秋精神》解人..................1

历史是由儒家写的..................1
尊重言论权是儒家的优良传统..................5
正淘汰、逆淘汰和偏统论..................23
仁者无敌..................38
伟大的帝王师..................43
儒家的土地所有制..................58
谈谈电影《赵氏孤儿》..................64
扎紧嘴巴沉住气..................68
没有学问将不了军..................72
汉初政治论..................76
对夷狄也要讲信义..................87
死还是不死,是一个问题..................92

百万大军一笑摧 ............................................. 96

失言的后果 ................................................... 100

为酷吏辩小诬 ............................................... 104

为宇文泰与苏绰辩诬 ................................... 109

罪恶没有赢家 ............................................... 116

宋朝官场清廉度秦后最高 ........................... 120

为朱熹洗冤 ................................................... 126

儒家对西方的历史影响 ............................... 134

忽必烈儒化：一次华丽的历史转身 ........... 141

一生低首拜阳明 ........................................... 153

儒家不需要为清朝背黑锅 ........................... 179

向日本索赔 ................................................... 187


附："二十四孝"批判（微集）................... 200

附：黎文生序　广传仁音　同致大良知 ......... 204

# 从江湖"老枭"到《春秋精神》解人
## ——我眼中的东海先生及其志业

东海先生《春秋精神》一书行将付梓,嘱予作文以序之。我念及先生的性情肝胆,便不揣自己识浅德薄,满口答应下来。此无他,区区诚不足道,却甚愿抱着"同声相应,同气相求"之心,趁此向这位自草莽间走出的儒门大护法道一声辛苦与感佩。正道陵夷,士风销黯,似这般笔挟风雷的特立独行之士真是久违了!

我与东海先生八年前之结缘,乃起于"原道"之网络论坛。值先生广发英雄帖,为令尊征集七旬寿联。余慕其风雅,遂草撰一联为贺,不意获先生之青眼。后蒙先生以诗集《剑魂琴心》相赠,得观其少年哀乐,创业艰辛,感慨系之矣。乃投桃报李,以拙诗集《青史红尘》电子版相寄。先生自此亦屈尊许我为儒友,彼此歌诗唱和,同尊儒道,颇得相知之乐。犹记《剑魂琴心》读后,余曾为一短札,聊抒拳拳之心。文末另撰拙联两副,以表先生之志。其一:"九龙岭下,五指山前,长剑年年鸣咽,勒铭耻记千夫长;荆棘丛中,虎狼声里,儒门阵阵弦歌,辟邪幸存百炼钢。"其二:"风雨湿青衫,斯人如今憔悴,壁上龙泉依然啸夜月;英雄悲世路,故国虽在堪惊,中流砥柱兀自立狂澜。"

对联之文意略嫌悲壮。此亦受先生昔日推倒一世豪杰之沉雄气概所感发。先生早岁曾以"萧瑶"之名畅游诗坛，此间却初步完成由一名自由主义者向儒家信徒的华丽转身，正以"东海一枭""东海老人"诸名号鏖战于网络江湖，运笔为剑，四面迎敌，辟杨攻墨，直是意兴酣畅，大有"自反而缩，虽千万人吾往矣"之概。彼所谓"一枭"者，盖志在不落凡庸，取其桀骜不群之姿也。所谓"老人"者，却又使人想见其沧桑日深、风霜渐染之色。平心而论，先生当时屏幕间嬉笑怒骂之文字，属尘海一流，固足以震慑群顽，然以学术眼光着眼，或据先生今日之学养反观，则未免有诸多可疵议者。简言之，于儒家经典可算造道未深，涵泳未熟，议论未纯。一些概念运用失范，个别文段迹近谩骂，对人物思想之褒贬，尤难免有畸轻畸重之嫌，所谓"爱之欲其生，恶之欲其死"者也。此情此景，如许儒家"狂狷"之"狂"，恐犹有未逮。此亦是先生后之为文，不惜披肝沥胆，自陈其非处。至于其新诗《剑魂琴心》一集，虽满纸风动，文辞绚烂，壮怀激烈，然毕竟为其少作，动辄浪迹天涯，佳人美酒，让人不自禁想起武侠说部中的浪子剑客，可谓凌铄有余，沉潜不足，失之浅白。

但我一直以为，先生乃天生勇毅之人，晬面盎背间，隐然有股沛然莫之能御的生命力。这种力量，固有先天之禀赋，亦赖后天之存养，一如孟子所论知言养气，颇难言也。唯此力量体现于立身行志上，则凝结为"不枉到世间走一遭"的勇决。先生与我赠答诗中有云:"不见文王亦自兴,百年风雪灿孤灯。"外间读之,或不免讥其自视过高,实正先生为常人难以企及处。事实上,有此勇决之气作生命根底,一个人无论读书学剑,皆可有成。相识近十年,东海先生一面借助网络疆场,笔战群雄而愈战愈勇,一面隐遁南宁闹市,埋首群典而层层转深。借用夫子之言,真所谓"吾见其进也,未见其止也"!他后来也自述身世曰:"纵横逾十年,论遍海内外,距异端,批戏论,放淫辞,斥邪说,批评众多学者之错误知见,无非为了维护儒家真理、圣贤大义和道统尊严。生命何等珍贵,岂能为逞能耐博虚名而与江湖人士争高低也?况东海丧家犬不如,也无能耐可逞。化用基督徒一言以明志:一切苦难归我,一切荣耀归孔子。"其心其志,高拔如此。

如此一路笔战,一路探寻,先生之著述及论争文字,大言恢弘,小语犀利,早已积之盈箧,又何止数百万言。不少弘论谠言,既关世运,更见直声,却终因多触时忌,屡被屏蔽封锁,恐遽难问世。一些论著则即将收束归编,陆续出版。追原先生之著述流年,大抵可分三个阶段。廿一世纪前,先生曾以团干、记者、教师诸业营生,然时日皆短,可置勿论。后弄潮于商海,为此后潜心学问略聚薄资,然当年情怀所寄,却是仗剑天涯、红袖添香的浪子酒徒诗客。故此时作品,乃以新旧诗词为主。入新世纪以迄 2005 年一段,先生一度服膺西方民主人权之说,遂以自由主义者立场痛陈时弊,为文多为口诛笔伐、指点江山之政论。此后先生则一尊儒学,折中诸子,大有守死善道,担负尼山家业之概。故其为学为文,乃以指点良知,护持儒家正法为己任,风雨鸡鸣,一迄于今。

照某些人物传记,吾辈自不妨说,先生由"弱冠"至"不惑",已是"为学三变"。起初是诗人"萧瑶",一任生命之挥洒,热血之喷涌,才情之张扬。继之为自由主义者"老枭",俨然是冲决罗网、补天盗火的民主斗士。三变而成为归于儒门的余东海,自以为"天降大任于斯人"也,故能"动心忍性,曾益其所不能",从此折节发奋,勇猛精进,唯赖一念良知之提撕,在时代风云的翻滚中立稳了脚跟。其间曾私淑新儒家巨擘熊十力先生,收归不羁之心,勇攀向上一路,直接孔孟,回溯六经,经一番穷神知化之功,所操益熟,所得益化,终见得儒家第一义谛。近年来,先生一度仿效"横渠四句",立"东海四句"以明本志曰:"为自己致良知,为社会致良制,为后世造经典,为时代作标志。"吾于先生,也曾有"儒门百战援夫子,道统千传起大雄"之叹,非言其学道之阶位,乃赞其弘道之勇毅耳。

正所谓"十年生聚,十年教训",至2010年《大良知学》问世,先生于孔孟之道已可谓登堂入室,立言造论,一派儒家开阖之气象。其后所著《儒家文化实践史(先秦部分)》,于儒家王道政治追源溯流,略发筚路蓝缕之力。而去年出版《儒家大智慧》一书,乃有感于世人于儒家应世之学误解良深,故精心结撰,畅述儒家十二种大智慧,文风渐趋平实,义理日臻细密,论说深入浅出,允为儒家大众类图书之翘楚。

本序《春秋精神》一书,乃先生近年读史之笔札。其间资料虽多出旧籍，然全书一秉夫子"贬天子，退诸侯，讨大夫，以达王事"之理想，重申春秋决狱之精神，为天地立心，向时代发话。与前书相比，文笔尤精湛，义理愈纯熟。其中《正淘汰、逆淘汰和偏统论》一文，以良知与恶习之螺旋斗争为历史脉络，高倡儒家以文化、野蛮二端论华夷之辨理念，纵论中华五千年文明之曲折，比并诸朝，折中一是，遂以夏商周汉唐宋为儒家政治之正统，以元明清民（民国）为偏统，中间援引楚汉之争刘邦何以胜出、忽必烈何以儒化诸事例，通篇说理论事宛如水银委地，圆润流畅而一气贯下。鸦片战争以降，清政府在政治、军事、外交等方面遭遇一系列屈辱与失败，经种种抗争而终于无效之后，作为传统中国主流"意识形态"的儒学，最终被认定为导致民族沦于"亡国灭种"危局之罪魁祸首。此论昌兴百年，流毒无穷，至今犹未肃清。先生特撰《儒家不需要为清朝背黑锅》一文，指出清末之衰乱非尊儒所致，恰恰在尊儒不到位所致。满清之能尊儒，此清王朝初期所以兴隆也，然其满族主义、君本位倾向、民族歧视及文字狱诸节，又严重偏离王道政治，至其中后期尊儒尤失实，故其衰败沦亡也宜。又，今世之人颇羡魏晋之风，爱其清谈超脱之名士风流，盛言"非汤武而薄周孔，越名教而任自然"，以为此与泰西之人格自由诸节颇通款曲，实则大谬不然。魏晋诸子生当乱世，佯狂成真，上焉者如竹林一辈人蔑弃礼法，放浪形骸，虽自有可怜可爱之姿，然以儒家中道智慧视之，终不过畸形人格耳；下焉者一味放诞狂浪，醉生梦死，误国误民误苍生，只是一群无心肝之辈，又何风流之有？先生著《儒眼看〈世说〉》一长文，能于晋人深致之外，洞烛其弊偏，并指示向上之机，一改吾积年对魏晋风度之尊崇膜拜心态也。

为撰此小序，余曾广为搜求阅览东海先生之众文，常为其出入经史、厚积薄发之学养所折服。阅读之余，特注意其文末缀记之年月，深感先生之文，每能后出转精，不少篇什文理饱满、议论允当，不啻为一流佳构，深惜其不能广为流布、觉醒斯民也。而反观诸大报刊，浅谬无聊之说，违心无耻之文却是俯拾即是，宁无黄钟毁弃、瓦釜雷鸣之叹！龚定庵有诗云："霜毫掷罢倚天寒，任作淋漓淡墨看。何敢自矜医国手，药方只贩古时丹。"先生救世之药方，固以儒家仁道精神为主药，又何尝自封自闭，视佛道为谬论，视西方自由民主为毒草耶？唯诗中"霜毫掷罢倚天寒"一句，则可谓古今同慨，写尽千古仁人志士有志难申之心境矣。

呜呼！吾至今尚不知先生曾读何等大学，却可断定其学位未及硕、博，更不在教授、博导之列。只缘当初救饥救溺一念炽盛，欲逃无计，欲罢不能，故不恤以匹夫之勇，拔剑起蒿莱，一路宗经征圣，追寇讨贼，如此切磋磨砺凡三十年，终于仁精义熟，直透重关，成了不折不扣的硕博之儒，岂非一学术异人也哉！以此而论，窃以为余先生为今日读书人立了一个典型。试问其不过一介草民，何以能于沧海横流之中，自立自树如此？某在此愿略陈鄙见，既作自我拷问，亦期盼为更年轻之学子，尤其是民间治学之士作一助，并以此求正于余先生本人。如读者诸公观此略有感发，则不负余先生相托为序之雅。

细思先生为学之客观条件，实有常人难以克服之短处。《学记》云"独学而无友，则孤陋而寡闻"。想先生半生之为学，纵偶遇知音益友，然绝大部分之岁月，则可谓孤困从学，自为师友。须知此番尘海磨砺，期月可矣，经年不易，数十年如一日更是难上加难，非有坚忍不拔之志，实最易汩没退转。况南宁一地僻处西南边陲，消息闭塞，人文乏弱，远不如域内名都上庠之济济多士，难得师友挟持、相得益彰之便。先生藏书虽多，料亦无法与高校图书馆相提并论。尤为特出者，先生学问乃发迹于网络，其间殊为鱼龙混杂，驳杂浮泛有余，精深理性不足，有时犹不免与一些无聊之徒辩是论非，盘旋既久，虚耗精力口舌。此恐先生向学之初所万难避免者也。故先生大隐隐于市，虽以"德不孤，必有邻"自处，亦终未免形单影只，落落寡合。此类心迹，常流溢于诗文之中，如"浊流猖獗叹斯世，大雅衰微愧此身""孤灯深入沉沉夜，几度枭声动上苍"之类，皆其深夜孤鸣、凄凉长啸之音也。

然以今日之高校体制弊端论，先生栖身于"体制"之外，亦可谓焉知非福，避过了许多无谓之消耗。与读硕士、博士学生相比，先生不必学政治、习外语，不必修厌恶之课程，不必求各类证书，无考试之摧残，无论文之压力，无求职之焦虑，无诸多冠冕堂皇之管束，故能在思想学术天宇立乎其大，占得主动，随性驰骋。据说某高校博士，毕业论文之后记，感恩戴德者百有余人，试问世故如此，又能做得何学问？与大学教授相比，先生虽不免时生杏林无子之憾，然亦不必于讲台上唇焦舌敝，不必迁就迎合学生（一些高校让学生为教师打分,而教授中也有担心因对学生督责严格而致其轻生者),不必教改作业,亦无政治学习、填写表格、监考阅卷、论文答辩、会议应酬、课题申报、学生就业、发票报销等诸多尘劳中事,故可以专心致志,直探学问之本真。且夫今日大学教授之间派系林立,有诸多行业规矩,贤者亦难脱其束缚。因为一旦违背此间规矩,必影响到职称之晋升,论文之发表,课题之申报,学科之设立,弟子之毕业,学界之声誉。故教授之间学术观点虽颇不服,然终须一团和气,互给"面子",直谅之言难见。更多者只就自己专业问题发话,决不论及同行,免生事端。纵有论及,也终未免畏首畏尾,乡愿者众。由于先生"跳出三界外",无"丢饭碗"之虞,故执笔为文,不必察言观色,庶几做到"我手写我心",一任良知之兴发,所作之文,自然多有道人所未能道,言人所未敢言者。吾观其网络诸论作,直是上下五千年,东西两半球,无不在其讨论批评之列。即便以弘扬国学者而论,先生又何止批于丹、易中天之属,即便对余英时、汤一介、杜维明辈,亦不假辞色,在义理是非上较一较真章。倘换作体制内学者,后者至少是其师长辈,又焉得直言如此?唯先生有怒中批,有敬中批,其间大有分殊耳。

再从学问重心看,先生治学可谓切中时代之病根,治标治本,直抵腠理。反观一般高校硕士、博士之为学,率多在导师引领下,选取学术一隅以精耕细作,不仅大多无关乎时代之痛痒,其学术园地亦往往愈转愈窄下,不少人毕生不过株守某一专题,或某二三流思想家,于枝枝叶叶间考证搜求,而其一生之求学位、找工作、评职称、拿课题诸事，尽可托命于此矣。长此以往，则大多精细有余，而通识不足；琐屑有余，而应世不足。彼研究先秦者，问其汉唐，则敬谢不敏；此研究魏晋者，叩其宋明，则浑然莫知。虽曰专精，实则孤陋也。有一类学者，多不肯俯首读书，只是网络高手，粘贴复制多家而成文，却不能通读一卷经，大抵不过为稻粱谋者也；更有一类学者，殊无半点立命立心之念，只唯时潮政策是瞻，以获取重大课题带头人、首席专家、会长、主任、顾问诸头衔为成功，而其一生之最高学术成就，往往即是其成名之作，此亦可悲可叹者也。反思先生学问之途，因无导师之指点，开始不免多费周折，多走弯路，反倒暗合学问"宁低勿高，宁拙勿巧"之训。待其学问修养臻于一定高度后，自亦能融会贯通，直接与圣贤经典相盘桓。其间尤为关键者，乃先生之学术重心，多系由现实病痛逼迫出来，始终由一股忧患意识所催动，故能将学术生命与时代关怀打成一片，汲得源头活水而内外相养，层层转进而生力不歇。余曾读台湾新儒家徐复观、牟宗三诸先生《学术与政治之间》《时代与感受》诸文章，深赏其不但能为高文典册之学术，亦能纵论时弊，高扬士声，尽此士大夫之时代责任。而反观大陆学界，则未免让人太息。此固有历史之因缘，环境之禁锢，不可一味求全责备，然亦有学者自身之原因也。夫以中国之大，学者之众，岂乏高明沉潜之辈？然此类人大多学术地位已定，不免树大招风，以致琐务缠身，无暇为此类文字。亦有少数人系心于名山事业，于象牙塔中"独与天地精神相往来"，以追求精纯学术为念，却又不肯直面时弊，捉笔为文。长此以往，不唯无此心，而实亦无此能也。以此反观，先生散落在诸网站之数千篇论战文字，能够直面时代问题，疏通致远，拨乱反正，自有其唤醒时代人心之价值。其中不少文章痛陈时弊，真是一针见血，虽时过境迁而精义不磨。惜乎这些文字大多在时代之众声喧哗中沉晦网海，问津者稀。

更以文章之思想深度而论，余以为先生已可并辔时贤，出类拔萃。须知当今学问分途已是千门万户，博者易杂乱，精者易偏狭，"刺猬"与"狐狸"不可得兼。先生之文章，量大面广，不仅牵涉人物思想之众多，与社会现实问题亦处处短兵相接，实为今日国学思想界所罕见。故其著文，自不必篇篇精当，一些文章在资料之掌握、义理之分解、概念之辨析，更有不及他人之处。但他一生好学深思，转益多师，于儒家奥义深造自得，真可谓孤军特起，夐夐独造。当今一些学院派学者，亦不乏学殖深厚者，然常年于体制中形成之学术惯性，使其只能诠解前贤，万不敢提出自己学说。唯恐白纸黑字之后，为同行所诟病。而余先生浮沉网海，无此瞻前顾后之虞，故不惜大胆造论，反倒多有创获。如其"仁本主义论""新中体西用论""天人感应论"诸说，皆能高屋建瓴，别有洞天，岂真不如那些名教授之核心期刊论文耶？

余撰此序言，不时想起宋代高僧大慧宗杲之言论："士大夫学道，与我出家儿大不同。出家儿，父母不供甘旨，六亲固已弃离，一瓶一钵，日用应缘处，无许多障道的冤家，一心一意，体究此事而已。士大夫开眼合眼处，无非障道的冤魂。若是个有智慧者，只就里许做工夫。……打得透,其力胜我出家儿二十倍。何以故?我出家儿在外打入,士大夫在内打出。在外打入者,其力弱;在内打出者,其力强。强者谓所乖处重,而转处有力;弱者谓所乖处轻,而转处少力。"(《大慧禅师语录》)余先生学儒,譬如"士大夫",而博士教授学儒,则较多近于"出家儿"。他是在尘世纷争之中摸爬滚打一过,上下求索之后自归儒道,故能信心十足。而一般博士教授之研究儒学,则以"知"为主,视儒学为一专业研究方向,虽对儒家有亲近之念,但其志不艰,其情不厚,故其行动亦乏力;而余先生则以"信"为主,以"知"辅"信",儒家义理对其沦浃肌髓,浸润生命里层,发之为文后,倍觉深沉有力量。

人生于天地间,各各皆有一不断生成之"生存世界"。此世界关乎信仰、苦难、担当、情感、才学与性情,是为人之生命底色与力量源泉。余以为,著名诗人刘梦芙先生颇能道破余先生的"生存世界":

诗思如潮水。任毫端、奔江泻海,已逾纲纪。块垒胸间凭一吐,岂效簪花姿媚。廿四史、兴亡谁记?莽莽中原观逐鹿,灭前王又建新王邸。尧舜德,僭称美。梦醒犹卧槐柯里。最堪悲、群蒙难悟,圣贤深意。百载师夷安用夏,空洒吾儒老泪。淬血火、炼成文字。夜色沉沉霾雾重,瞩天东明月何时起?光隐约,在渊底。(《金缕曲——六迭叶嘉莹先生韵寄东海》)

词气沉郁顿挫，寄意遥深，感人肺腑。其中"百载师夷安用夏，空洒吾儒老泪"一语，最为沉着，当可概括先生之"生存世界"。但我坚信，东海先生立足民间，以毕生心力为儒家招魂之悲愿，天必佑之，决不会老泪空洒。因为真理不磨，神州崛起，有赖此儒道重光。

近几年，先生喜"微言"，盖取其简明扼要故也。吾曾于某集微言之后，撰写数行赞佩之辞，或差可概括先生之志业。

决孔孟之滥觞，洙泗奔流；昭汉唐之遗烈，长乐未央；揽佛老之别境，洞见良知；继宋明之绝学，纵贯天人；汲科学与民主，经权以时；破百年之迷惘，直指人心。先生之微言，或有时而可商；先生之胸襟，真正正而堂堂；无文王亦自兴，抗流俗成孤往；舍浮槎以弘道，因悲悯而担当；哀此生之须臾，恨中道其未光。有斯人生斯世，且记之慎勿忘！

这些称颂文字，未解者还道是肉麻吹捧。我却愿公之于众，甘受世人之讥。尤望余先生勿负此儒门志业，终日乾乾，无愧于这一大事因缘。

乙未年冬日<br>
孙齐鲁<br>
谨识于清远燕知堂

# 历史是由儒家写的

"历史是由胜利者写的",这是一个颇为流行而非常错误的观点,昧于历史常识,充满了权力狂妄和诈力迷信,以为掌握了枪杆子和笔杆子,就可以为所欲为地篡改、虚构、伪造历史和强奸历史了。一些学者严厉批判"历史虚无主义",可谓"贼喊捉贼"。

古今中外无数乱臣贼子、暴君邪教,都曾经胜利一时并以胜利者自居,得意洋洋、不可一世,可没有任何恶人、恶势力获得过写史资格。历史对正义和真相的执着,有着万古不易的绝对性。

如果一定要说"历史是胜利者书写的",那么,这个胜利者不包括恶势力。在历史的雄伟壮丽的画卷中,任何暴君恶势力都不过是侏儒、小丑和笑料而已。任何恶势力,无论曾经多么猖獗和取得多大胜利,都不过昙花一现而已,都将成为可耻的失败者。别说恶人恶势力之类,就是诸子百家中各种良性学派,也从来没有获得过修史的资格。

孟子说:"若民,则无恒产,因无恒心。苟无恒心,放辟邪侈,无不为已。"权力落入小人手里,就像把大刀放在孩童手中,结果难免伤人自伤。大家斗来斗去,同归于穷,同归于苦;斗到最后,恶性大发，你死我活，同归于尽。

事实上，从另外角度看，历史是由文化精英、道德精英书写的，中西都一样。（西方的文化道德精英，可以方便地成为西儒。）自古中国的文化道德精英是儒家群体，故历史是由儒家书写的。中国正史的作者都是儒家。正史指二十四史，从第一部《史记》到最后一部《明史》，作者或作者团队都是儒家，没有例外。

儒家对待历史的态度最为严肃，孔子和历代儒家所编撰或传述的史料，真实性和可信度最高。三代政治无儒家之名，却有儒家之实，先秦官员包括史官，都是"六艺"教育培养出来的信奉中道的儒者。文天祥《正气歌》中写道："在齐太史简，在晋董狐笔。"齐国太史三兄弟和晋国太史董狐就是不畏权势、秉笔直书的典范，将尊重历史、坚持真实、忠于职守、生死不渝的精神体现得淋漓尽致。《春秋·左氏传·宣公二年》记载："孔子曰：'董狐，古之良史也，书法不隐。'"可见孔子的思想取向。

为了保证史官能直书国君功过善恶，礼制规定，皇帝不能看史官所记的关于他的实录。这个规定唐太宗时还能遵守。《贞观政要·文史》记载，贞观十三年，褚遂良为谏议大夫兼记起居注。唐太宗问他起居注里记些什么，并且提出想看看内容。褚遂良回答说，现在的起居注就是古代的左右史，"以记人君言行，善恶毕书，庶几人主不为非法，不闻帝王躬自观史"。

自汉以后，"为尊者讳，为亲者讳，为贤者讳"被普遍视为孔子编纂删定《春秋》时的原则态度，进而被视为历代避讳的总原则。

这是五四以来，儒家受到批判最多，也是儒家最难反驳的一条罪行，更是对儒家和孔子最严重的误会之一。

根据儒家义理，孔子不可能认同"三讳"为修史原则和政治原则。《论语·卫灵公》载："子曰：直哉史鱼！邦有道，如矢；邦无道，如矢。"孔子盛赞卫国大夫史鱼言行正直像射出去的箭一样，可见孔子是以"直"为史官美德的。

其实"三讳"是公羊家对《春秋》的过度解读，仅是《春秋》"托史寄义、托事明义"的特征，非孔子说、非圣人说，有它特定的适用范围，不能将它扩展为修史原则，甚至延伸为政治原则。

中国正史也不存在"三讳"问题，因为是"易代修史"，前一王朝史由后一个王朝修定，"国亡史成"，后人没有为前朝"讳"的动机。当然，也不至于故意贬抑，因为历代统治者重视前朝史，旨在以史为鉴，寻找治乱兴衰的枢机，并借以为新王朝继统提供合法性。

"五四"后疑古风起，侮辱传统文化、怀疑儒经及正史成了时髦。其实，论义理的正确性和真理性，儒家经典至高无上，无与伦比，君无戏言，经更无戏言。论所涉及史料文献的可靠性和准确性，"十三经"也是各派中最高的。

不仅历史是由儒家写的，从根本上说，中国历史受儒家影响最大。儒家是中华文化的主统和中华文明的主要缔造者，一部中国史，就是儒家文化的实践史。孔子"祖述尧舜，宪章文武"，集其大成，总名为儒家。儒家就是六经，核心就是"惟精惟一，允执厥中"的

"中道"。诸子百家无不根源于六经，除了儒家影响最大的道家，于六经，只不过"偷得半部《易经》"（康有为语），其他各家就更不用说了。故可以说，儒家是百家之母。没有儒家就没有中华文化，更没有中华文明。

良知不灭，儒家就不会灭，无论遭受多么严重的摧残，都将一阳来复。嬴政焚坑之后，儒家创造的是两千多年的辉煌；经过深重的"文革"之劫，写下的必将是更加辉煌的篇章。

# 尊重言论权是儒家的优良传统

## 一

言论自由,即国民通过语言表述各种思想和见解的自由,意味着没有言论罪、思想罪和文字狱。言论自由是现代政治文明不可或缺的概念,《中华人民共和国宪法》第二章第三十五条亦规定:

"中华人民共和国公民有言论、出版、集会、结社、游行、示威的自由。"

尊重异议、异端和民众的言论权,维护言论自由,不仅是现代文明的基本准则,也是儒家道德原则和政治原则题中应有之义。言论权、言论自由之类概念,古代当然没有,中西方都没有,但对言论权的学术尊重和对言论自由的政治维护,则体现在诸多儒家经典和政治实践中。

《毛诗序》曰:"上以风化下,下以风刺上,主文而谲谏,言之者无罪,闻之者足以戒,故曰风。"名言"言者无罪,闻者足戒"就出自于此,堪称言论自由的古典表达。孔子曰:"诗可以怨。"怨刺执政、批判恶政是百姓与生俱来的权利,也是儒家源远流长的传统。

孔子说:"君子和而不同,小人同而不和。"是否尊重世间事物的多样性和差异性,是君子、小人的区别之一。世间事物当然也包括各种思想观点,不同思想观点的言论权受到尊重,才有和谐可言。

《中庸》说"道并行而不悖",体现了儒家的学术宽容和对外道的尊重。不同派别的道理有其各自的轨道,可以相互批判,不妨和平共存。《论语》里记载了不少与孔子观点有异的隐士,孔子对他们都相当尊重;孟子主张性善,却收主张"性无善恶"的告子为徒。历代儒者倡导三教合一和兼修佛道者众。

儒家强调以德服人。"以力服人者,非心服也,力不赡也;以德服人者,中心悦而诚服也,如七十子之服孔子也。"(《孟子·公孙丑上》)以德服人的要旨是以理服人,理论问题理论解决。在思想上以力服人则是缺德非礼的表现,也是理不如人的最好证明。需要借助暴力强行推销的道理,一定是假冒伪劣产品。

在《孝经》里,孔子认为,儿女和臣子应该拥有独立的道德判断,应该依据道的标准表达独立的思想和意见。这也从侧面反映了孔子对异议的态度。

儒家恕道贯穿个人、家庭、社会、政治等各个领域。儒家反感极权主义,防民之口、控压异议的恶行,不愿被剥夺言论信仰自由,当然也不应该以暴力和强制手段侵犯、剥夺异端异议的言论权,相反,若有了一定权力,还应该予以维护。

儒家不唯民意,在具体工作中也不一定唯民众意见马首是瞻,但绝不会防民之口,剥夺民众言说批判的权利。儒家民本思想用现代话语可以表述为两大政治原则:"人民利益为重"和"主权在民"。尊重民众发言权当然是题中应有之义。

《尚书·皋陶谟》:"天聪明,自我民聪明。天明畏,自我民明威。"

《尚书·泰誓》:"天矜于民,民之所欲,天必从之。""天视自我民视,天听自我民听。"

《荀子》:"天之生民非为君也,天之立君以为民也。"

《吕氏春秋·贵公》:"天下非一人之天下也,天下之天下也。"

贾谊《新书》:"闻之于政也,民无不为本也。国以为本,君以为本,吏以为本……故自古至于今,与民为仇者,有迟有速,而民必胜之。"

上述言论都是民本原则的古典表达。以民为本,当然不允许防民之口,不允许以言治罪。

## 二

对国人言论权的态度和对异议异端的宽容度,直接体现着政治文明的程度。这正是儒家政治和中华文明的重大特色。

据《左传·襄公十四年》记载,春秋时,师旷对晋侯说:

"自王以下,各有父兄子弟,以补察其政:史为书,瞽为诗,工诵箴谏,大夫规诲,士传言,庶人谤,商旅于市,百工献艺。故《夏书》曰:'遒人以木铎徇于路。官师相规,工执艺事以谏。'……天之爱民甚矣,岂其使一人肆于民上,以从其淫而弃天地之性?必不然矣。"

可见,君主制的儒家政治框架下,从王族父兄子弟、史、瞽、工、大夫、士、庶人,都有相当的言论权。

《诗·大雅·板》曰:"询于刍荛(ráo)"。
《尚书·洪范》曰:"汝则有大疑,谋及乃心,谋及卿士,谋及庶人,谋及卜筮。汝则从,龟从,筮从,卿士从,庶民从,是之谓大同。"

庶民的话语权当然得到尊重。
"黄帝立明台之议者,上观于贤也;尧有衢室之问者,下听于人也;舜有告善之旌,而主不蔽也;禹立谏鼓于朝而备讯唉;汤有总街之庭,以观人诽也;武王有灵台之复,而贤者进也。"(《管子·桓公问》)尧、舜、禹、汤、武王都是儒家圣王,他们建明台、衢室、总街之庭、灵台,都是作为邀请各界人士讨论时政和听取他们批评建议的场所。这可以视为远古时代的舆论观。

三代天子听政，百官谏议，亲戚补察，士民传语，群策而后帝王斟酌决定。周公立明堂，不筑墙，以示政事公开透明，又缘人情以制礼，采民歌以观政，定为制度。"天子学乐辨风，制礼以行政。"（《大戴礼记·小辩》）

尧、舜、禹、汤、文武周公，无不虚怀若谷、广开言路，广泛地听取各方面的建议和批评。《吕氏春秋·不苟论》说："尧有欲谏之鼓，舜有诽谤之木，汤有司过之士，武王有戒慎之鼗（táo）。"《说文》说："放言曰谤，微言曰诽。"谏言和诽谤之语，当然不可能句句正确、没有错误，当然不是只允许"正确言论的自由"。

舜设"纳言"之官，以忠实传达上下之言。孔《传》曰："纳言，喉舌之官，听下言纳于上，受上言宣于下，必以信。"

以庶人为主体的国人，对于君主和执政大臣的评论和批评可以直言不讳。例如，宋襄公在泓之战大败于楚，"国人皆咎公"（《左传·僖公二十二年》）；秦穆公死后以子车氏的三个儿子殉葬，"国人哀之，为之赋《黄鸟》"（《左传·文公六年》）；鲁襄公四年，鲁军吃了败仗，"国人诵之曰：'臧之狐裘，败我于狐骀。我君小子，朱儒是使。朱儒朱儒，使我败于邾！'"（《左传·襄公四年》）国人以民谣批评了鲁君和有关将领。

以上三例，都说明国人对君主和大臣有批评之权。

孔子曰："天下有道，则庶人不议。"（《论语·季氏》）此言从侧面说明了"庶人议政"乃为儒家社会的传统。天下有道，指政治文明制度合理，庶人自无非议，绝非禁止庶人议政。反过来，天下无道则庶人议之。

魏源在《古微堂集·治篇》中进一步重申"庶人议政"思想，认为除了诤谏之臣，更重要的是倾听庶民百姓的意见。魏源援引《论语·季氏》中的话说，只要庶民的意见能够通于朝廷，朝廷又能够不断改进工作，庶民的议论自然就少了。让庶民都来关心国家大事，他们就会勇于指出政事的不足。通篇大意是，执政者只有广开言路，尽量全面地听取各方意见，就能目明耳聪，做好国家大事。

## 三

三代时，庶人不仅有自由议政的权利，而且有权参与国家大政决策。《周礼》："小司寇掌外朝之政，以致万民而询焉，一曰询国危，二曰询国迁，三曰询立君。"国有危、迁国都、立新君等国家大事，都要征求万民的意见。

《尚书·盘庚》载："盘庚敩（xiào）于民，由乃在位以常旧服正法度，曰：'无或敢伏小人之攸箴！'王命众悉至于庭。"

大意是，盘庚开导臣民（民众），又教导在位的大臣遵守旧制，正视法度。他说："不要有人敢于凭借小民的规劝，反对迁都！"于是，王命令众人，都来到朝廷。当时有贵族试图利用民众意见反对迁都，民意的重要性可见一斑。

《左传·鲁定公八年》云："卫侯欲叛晋……公朝国人，使贾（王孙贾）问焉，曰：'若卫叛晋，晋五伐我，病何如矣？'皆曰：'五伐我，犹可以能战。'乃叛晋。"

鲁宣公十二年，郑国被楚军围攻时，"卜临于大宫"，即卜问若哭于郑太祖之庙是否有利，结果吉利，于是国人大临，表示守城决心，使得楚军退兵，"楚子退师，郑人修城"（《左传·宣公十二年》）。

春秋后期，吴军攻入楚国，命人召见陈怀公，让陈表示态度，是跟从吴国还是跟从楚国。"怀公朝国人而问焉，曰：'欲与楚者右，欲与吴者左。陈人从田，无田从党。'"（《左传·哀公元年》）

以上三事，都是国人（以庶人为主体）参与国家大政决策的例子。

春秋中期，郕（chéng）国君主的嗣立受到国人态度的巨大影响。依礼，太子继位顺理成章，但郕太子因与国人不和，未能继位而逃到鲁国。鲁文公十一年（前615年）"郕大子朱儒自安于夫锺，国人弗徇"（见《左传·文公十一年》），"十二年春，郕伯卒，郕人立君。大子以夫锺与郕邽（guī）来奔"（《左传·文公十二年》）。

春秋各国，君主嗣立后，多与国人相盟，以取得国人支持。如齐景公嗣立后，"崔杼（zhù）立而相之，盟国人于大宫"（《左传·襄公二十五年》）；又如郑简公曾经"盟国人于师之梁之外"（《左传·襄公三十年》），以期得到国人拥戴。春秋中期郑国发生内乱，"子驷帅国人盟于大宫，遂从而尽焚之"（《左传·成公十四年》）。靠"帅国人盟于大宫"取得国人支持而占据优势。

以上事例,可见春秋时各诸侯国对国人意见的重视和国人意见在政治生活中举足轻重的作用,不仅仅拥有言论自由而已。

《孟子·梁惠王》记载:

王曰:"吾何以识其不才而舍之?"曰:"国君进贤,如不得已,将使卑逾尊,疏逾戚,可不慎与?左右皆曰贤,未可也;诸大夫皆曰贤,未可也;国人皆曰贤,然后察之;见贤焉,然后用之。左右皆曰不可,勿听;诸大夫皆曰不可,勿听;国人皆曰不可,然后察之;见不可焉,然后去之。左右皆曰可杀,勿听;诸大夫皆曰可杀,勿听;国人皆曰可杀,然后察之;见可杀焉,然后杀之。故曰,国人杀之也。如此,然后可以为民父母。"

国君对人之进退和惩罚,国君左右、诸大夫和国人的意见都应该得到尊重,保障言论权就是必须的前提。

《孟子·万章》有关于尧舜禹禅让一事的讨论,并提出了一个重大的政治问题:君权谁授?孟子的学生认为,君权君授,即下一代君权是由上一代天子授予。孟子的看法则不一样,强调"君权天授"。因为"天视自我民视,天听自我民听",民意代表天意,"天授"即是"民授"。

舜之所以最终"践天子位",是因为"天下诸侯朝觐者,不之尧之子而之舜;讼狱者,不之尧之子而之舜;讴歌者,不讴歌尧之子而讴歌舜"，意味着其天子的权力来自于民授。后来，禹将益推荐给上天。禹逝世后，益避禹之子于箕山之阴。朝觐讼狱者不之益而之启，曰："吾君之子也。"讴歌者不讴歌益而讴歌启，曰："吾君之子也。"

民意对天子权位具有最终的裁定权，是政治合法性的最高依据。民众理所当然拥有言论权。

## 四

春秋时著名政治家子产"不毁乡校"的开明做法，曾经得到孔子高度评价，认为这就是仁的表现。这件事载于儒家经典《春秋·左传》：郑人游于乡校，以论执政。然明谓子产曰："毁乡校，何如？"子产曰："何为？夫人朝夕退而游焉，以议执政之善否。其所善者，吾则行之；其所恶者，吾则改之。是吾师也，若之何毁之？我闻忠善以损怨，不闻作威以防怨。岂不遽止？然犹防川也：大决所犯，伤人必多，吾不克救也；不如小决使道，不如吾闻而药之也。"然明曰："蔑也今而后知吾子之信可事也。小人实不才。若果行此，其郑国实赖之，岂唯二三臣？"仲尼闻是语也，曰："以是观之，人谓子产不仁，吾不信也。"

当然，民意尤其是局部具体的民众意见和要求不一定正确，不一定合情、合理、合法，但是，子产会认真倾听。"其所善者，吾则行之；其所恶者，吾则改之。是吾师也。"民众喜欢的我就推行；

民众讨厌的我就改正。这是我们的老师呀";"我闻忠善以损怨,不闻作威以防怨",我听说尽力为善以减少怨恨,没听说依仗威势来防止怨恨。这些话都体现了对民众言论权的尊重。

子产算不得儒家,当时也颇受非议,但他仁厚慈爱,轻财重德,爱民重民,因才任使,在政治上颇多建树,不乏儒家道德精神,被清朝王源推许为"春秋第一人"。

孔子说,仅仅从"不毁乡校"这件事看,我就不相信"子产不仁"的说法。孔子从不轻许人以"仁",但竟以"仁"许子产,可见孔子对子产"不毁乡校"、维护庶人言论权的行为是多么认同和赞许。

或以为"郑人游于乡校以论执政",只不过民众聚在乡下学校发发牢骚而已,这是不知"乡"的本意。周制,有乡有遂。郊内为"乡",是"国人"居住的地区;郊外为"遂",为"野人"居住之地。乡以下为州,每州设州长一人,中大夫。

《周礼》规定行政区依次为乡、州、党、族、闾、比,五家为比。古籍相传,以五比为闾,四闾为族,五族为党,五党为州,五州为乡,是乡有一万二千五百家,州有二千五百家。先儒谓乡以教为主,遂以耕为主,故励教化、兴贤能之事,乡详而遂略。

另外,鲁昭公四年:"郑子产作丘赋。国人谤之,曰:'其父死于路,己为虿尾。以令于国,国将若之何?'子宽以告。子产曰:'何害?苟利社稷,死生以之。且吾闻为善者不改其度,故能有济也。民不可逞,度不可改。《诗》曰:礼义不愆,何恤于人言。吾不迁矣。"(《左传·昭公四年》)

国人意见尖锐，不仅批评子产，而且羞辱其父。子产一方面坚持"制订丘赋制度"，表示只要于国有利，死也得做；一方面表示民众的指责咒骂没有关系，并引用诗经的话说：礼仪和道义都没过失，何必在意别人说话。林则徐诗"苟利国家生死以，岂因祸福避趋之"，亦典出于此。

过了三年，子产改革措施大见成效，郑国歌谣赞美道："我有子弟，子产诲之。我有田畴，子产殖之。子产而死，谁其嗣之！"大意是，我有子弟，子产教诲他们。我有田地，子产想办法让它们丰收。子产死了，谁来继承他的德政呢？

## 五

与"子产不毁乡校"相反的做法是周厉王的"吾能弭谤"。厉王贪财好利，横征暴敛，耽于享乐，残暴骄慢，民众怨声载道。周厉王的办法是设立卫巫监察国人，一有国人言论不利于王则杀。各地诸侯不来朝，国人敢怒不敢言，道路以目。厉王很高兴，告诉召公说："吾能弭谤矣，乃不敢言。"召穆公的回答很著名，特录如下：

"是障之也。防民之口，甚于防川。川壅而溃，伤人必多，民亦如之。是故为川者决之使导，为民者宣之使言。故天子听政，使公卿至于列士献诗，瞽献曲，史献书，师箴，瞍赋，矇诵，百工谏，庶人传语，近臣尽规，亲戚补察，瞽、史教诲，耆、艾修之，而后王斟酌焉，是以事行而不悖。民之有口，犹土之有山川也，财用于是乎出；犹其原隰之有衍沃也，衣食于是乎生。口之宣言也，善败于是乎兴，行善而备败，其所以阜财用、衣食者也。夫民虑之于心而宣之于口，成而行之，胡可壅也？若壅其口，其与能几何？"（《国语·召公谏厉王止谤》）

这段谏言介绍了天子应该怎样听政，说明"防民之口甚于防川"的道理，将尊重民众言论权的重要性讲得很清楚。厉王仍然不听，变本加厉。终于，国人忍受不了，奋起反抗，袭击厉王。厉王出逃，最终死于彘地。

厉王又何尝真能"弭谤"，对他的大量批评讥刺千古流传。

《诗经·大雅·荡之什·桑柔》就是"芮良夫刺周厉王昏乱无道"的。《毛诗序》云："芮伯刺厉王也。"芮良夫即芮伯。芮是国名，伯爵，姬姓，良夫是其名。王符《潜夫论·遏利篇》引鲁诗说云："昔周厉王好专利，芮良夫谏而不入，退赋《桑柔》之诗以讽，言是大风也，必将有遂，是贪民也，必将败其类。王又不悟，故遂流王于彘。"

全诗十六章，前八章八句，刺厉王好利暴虐，导致民不聊生，激起民怨。后八章六句责同僚，亦指出厉王用人不当。同僚应该就是荣夷公。该诗第十四章提出严厉警告：

"嗟尔朋友，予岂不知而作。如彼飞虫，时亦弋获。既之阴女，反予来赫。"

大意是：可叹你们这些同僚，我岂不知你们的作为？你们就像那些飞鸟，时候一到，就会被捕获。意思是说你们不会有好下场。我已熟悉你们底细，你们何苦还对我威吓。

该诗第十五章写道：

"民之罔极，职凉善背。为民不利，如云不克。民之回遹，职竞用力。"

大意是：民众之所以失去准则，是因为执政者推行苛政、违背道理。尽做不利人民事，好像还嫌不够。民众走上邪僻之路，是因为你们尚力而不尚德。

《诗经·大雅》中的《板》《荡》诗亦是刺厉王之作。据《毛诗序》说《荡》为召穆公所作。《毛诗序》云："《荡》，召穆公伤周室大坏也。厉王无道，天下荡然无纲纪文章，故作是诗也。"

清钱澄之《田间诗学》云："托为文王叹纣之词。言出于祖先，虽不肖子孙不敢以为非也；过指夫前代，虽至暴之主不得以为谤也。其斯为言之无罪，而听之足以戒乎？"

魏源《诗序集义》云："幽（王）、厉（王）之恶莫大于用小人。

幽王所用，皆佞幸柔恶之人；厉王所用，皆强御掊克刚恶之人。四章'炰烋'、'敛怨'，刺荣公专利于内，'掊克'之臣也；六章'内奰外疭'，刺虢公长父主兵于外，'强御'之臣也。厉恶类纣，故屡托殷商以陈刺。"

这是儒家圣经对暴政、暴君的批判。

以儒文化为指导思想的时代或国度，有两个特色：臣民们对无道君主的容忍度相对比较低。一是贤臣辈出，敢怒、敢谏甚至敢骂，虽有佞臣终究少数。二是国民弗忍，奴性稀缺，不敢言而敢怒，对于暴君及其暴行，就要诉诸暴动。充斥于春秋史记的国人暴动，同时也说明了平民阶层的政治影响力，非同小可。

# 六

暴政可分为两种类型。一种是"个人性"的，如桀纣、厉王和隋炀，主要是君主的责任，制度不健全是次要原因；一种是制度性和文化性的，以法家（商韩派）导出来的秦王朝为典型。

东海说过，异端泛滥没关系。"杨墨之言盈天下"，经过孟子一辟，很快就历史性地退潮了。怕就怕异端，特别是恶性异端与政治结合，获得了政权和独尊地位，那问题就大了，浩劫就在所难逃。如法家得志于秦国，秦国又得了天下，所付出的民族、历史代价之大，非言语可以形容也。

在对待言论方面，法家特别苛刻严酷，其钳制舆论、镇压异议的暴行，与儒家的开明、宽容形成鲜明对比。

商鞅变法"行之十年"之后，"秦民初言令不便者有来言令便者，卫鞅曰'此皆乱化之民也'，尽迁之于边城。其后民莫敢议令"（《史记·商君列传》）。民众对于政令，批评也不行赞扬也不行，凡"议执政之善否"者，全部迁发到边城去。

秦王朝的严酷，到焚书坑儒时发展到顶峰。秦始皇采纳李斯的建议，下令焚烧《秦记》以外的列国史记，对不属于博士馆的私藏《诗》《书》等限期交出烧毁，有敢私下谈论《诗》《书》的处死，以古非今的灭族，禁止私学。这是焚书。

焚书第二年，两个术士（"术"音"述"，通假，术士即述士，即儒士，取自"述而不作"之意，参见刘向《说苑》"坑杀儒士"，又参见唐陆德明《经典释文》）侯生和卢生，私下批判秦始皇并亡命而去。秦始皇得知此事，大怒，派御史调查，审理下来，得犯禁者四百六十余人，全部坑杀。这是坑儒。两件事合起来，史称"焚书坑儒"。与商鞅有所不同的是，秦始皇从来没有剥夺过"赞美的自由""颂圣的自由"。

法家和秦始皇之恶，遭到了儒家永久性的批判。

## 七

个别所谓的儒者认为儒家并不尊重异议、异端的言论权，主要证据有二：一是孔子诛杀少正卯，二是《礼记》中《王制》中的一段话：

"析言破律，乱名改作，执左道以乱政，杀。作淫声、异服、奇技、奇器以疑众，杀。行伪而坚，言伪而辩，学非而博，顺非而泽，以疑众，杀。假于鬼神、时日、卜筮以疑众，杀。此四诛者，不以听。"

少正卯只是个寓言人物，当时道、墨、法诸家都假托过孔子之名、编撰过孔子故事以申述己意。兹不赘。

关于"四诛"。孔子修诗书、定礼乐、序周易、作春秋。其中春秋有缺失，乐经已遗失，礼经情况最复杂。《周礼》《仪礼》作于何时何人，夫子亲定本为何，大小戴所编《礼记》是否掺杂了春秋战国一些礼法规范，皆无确论。《礼记·王制》中这段话，东海就怀疑非"周礼之正宗"，为后人掺入。"行伪而坚，言伪而辩，学非而博，顺非而泽"是荀子《宥坐》中孔子诛少正卯的罪名，而少正卯此人为荀子虚构。

无论如何，有一点可以确定，先秦的礼制、礼仪、法度很多已经不适用于后世，更不适用于现代。

礼之精神万古常新，礼之形式与时偕宜。三代皆君主制，其礼皆圣王所制，然不相同。况时移世易古今大异，法度不同理所当然。某些儒者泥古不化，或妄图复君主制时代之礼于今，或列举古礼中某些具体内容，反对宪政追求，正是夫子反对的复古主义："生乎今之世，反古之道，如此者，灾及其身者也。"

楚狂儿说："'行伪而坚，言伪而辩，学非而博，顺非而泽以疑众，杀。'"这句的重点，应该是"以疑众"，妖言惑众制造动乱云云，亦不无道理。言论无罪，但若煽而动，造成了重大恶果，则必须接受一定的法律制裁，古代这方面过严，也是历史局限性所致。

还有人以"非礼勿言""非法不言"和"修辞立其诚"三言反对言论自由，风马牛不相及。"非礼勿言"是克己复礼的"四目"之一；"非法不言"是针对卿大夫的，"修辞立其诚"是针对君子的。都是道德要求而非法律规范。儒家"躬自厚而薄则于人"，礼不下庶人，岂能拿来要求他人和民众，岂能拿来作为侵犯、剥夺言论权的理由哉？

不由得想起孔孟之言。孔子说："恶似而非者，恶莠，恐其乱苗也；恶佞，恐其乱义也；恶利口，恐其乱信也；恶郑声，恐其乱乐也；恶紫，恐其乱朱也；恶乡原，恐其乱德也。"孟子曰："吾岂好辩也哉？"我不得已也，我不得已也！

## 结　语

其实，无论古代儒家如何（历史有其局限性，西方民主自由的产生也是人本主义战胜神本主义的结果），现代儒家都应该高度尊重民意、尊重异议和致力于言论权的维护。因为言论自由符合"以民为本"和"礼以义起"原则，而"从善如流""与时偕宜"正是儒家精神所在。

我在《维护文明原则,顾全儒家大局》中指出:是否愿意尊重、争取和维护言论自由,对于儒家来说,是一个非常严肃和重要的问题,是区分宽容与狭隘、进步与落后、文明与野蛮、仁义与残暴的重要界线之一。在现代社会,凡反对、剥夺言论自由的行径,都是极不道德、不文明的,都可以定义为蛮夷。

所以,这个问题关系着当代儒家的荣辱兴衰。儒家如果对之没有一个清醒的认识和明确的态度,就会自外于文明社会和世界潮流,上不了大雅之堂、文明之堂,更别奢谈教化民众、教化政权、指导社会变革政治改良和制度建设了。

言论权不仅是基本人权,是人格尊严、社会自由的重要保障,也是儒家的生命线,是复兴儒家文化、弘扬道德真理的"基层建筑"。儒家文化具有至高无上的真理性和正义性,不怕辩论争鸣,不怕贬低歪曲和批判,四书堂堂、五经煌煌,真理高也;泰山岩岩、铁骨铮铮,真气足也。但是,如果没有话语权,没有一个自由的平台,其巨大感染力、影响力就没有机会迸发,其重大的教化功能就没有机会发挥。

# 正淘汰、逆淘汰和偏统论
## ——仁本主义历史观之一

一

一部人类历史，是文明和野蛮、正善和邪恶、真理和邪说、进步和反动、光明和黑暗的斗争史。双方仿佛拉锯战，此消彼长，此起彼伏。

据乱世，黑暗占完全上风；太平世，光明为绝对主导。在升平世，即升向太平的漫长的历史长河中，光明虽然占上风，但不是绝对的，常常光明中有黑暗，甚至黑暗会压倒光明。

也就是说，在升平世，历史是螺旋式前进的，常常会拐弯倒退，甚至局部地、暂时地拐回据乱世。例如，中国历史从战国开始绕了一个大弯，汉朝转回来了；从民国开始绕了一个更大的弯，至今未完全转回来。

光明占上风的时候，为正淘汰，又称为顺淘汰，具有正义性和进步性；野蛮成主流的时候，为逆淘汰，是社会常道、政治正道、历史潮流的反常和反动。例如,暴秦统一天下就是典型的逆淘汰,后来刘项灭秦则是正淘汰。

需要指出的是,很多人会误判顺逆,或认逆为顺,或认顺为逆。最典型的是刘邦灭项羽,很多人认为是流氓战胜贵族。其实,刘邦虽算不得君子,却比项羽强得多。

刘邦对儒家的态度有一个转变的过程,从轻蔑排斥到尊崇器重,其德性也产生了质的飞跃,智慧也随之水涨船高,豪迈豁达,宽仁大度,有智有勇,知人善任,善于纳谏,乐于从善。

项羽"喑恶叱咤,千人皆废",匹夫之勇而已;"见人恭敬慈爱",妇人之仁而已,实则狭隘残暴,嫉贤妒能,师心自用,顽固自是,残忍嗜杀,小节或有可观,大处一无可取。虽嚣张一时,莽夫加屠夫而已,非真英雄也,其败亡是必然的、迟早的事。

刘项相争,刘邦转弱为强,最终胜出,是军事的胜出,也是文化和德性的胜出。刘成项亡,正是人竞天择、优胜劣汰的结果。李清照仅凭"不肯过江东"一事许项羽以人杰鬼雄,诗人笔法耳,妇人之见耳。蔡东藩说得好:

"惟观于项王之坑降卒、杀子婴、弑义帝种种不道,死有余辜。彼自以为非战之罪,罪固不在战,而在残暴也。彼杀人多矣,能无及此乎!天亡天亡,夫复谁尤(《前汉演义》)!"

儒家不以成败论英雄,而是以品格论英雄,以德性论英雄。德高者胜为正淘汰,德劣者胜为逆淘汰。德高者虽败犹荣,德劣者纵成功,也是贼寇。

## 二

在正淘汰时代,正人正义力量容易成功;在逆淘汰社会,恶人恶势力容易得势。这种社会以力服人,或唯武力,或唯权力,或武力权力密结,为丛林社会和恶社会。

文化逆淘是最严重和根本的逆淘,最容易导致社会政治全方位的逆淘。文化逆淘意味着正理不彰,邪说泛滥,正邪不分,是非不明,善恶颠倒,为不良势力崛起和成长提供了最佳的社会土壤和群众基础。反儒社会,民意也会丧失理性和公正性,特别容易被误导、愚弄、裹挟和利用。

几千年来,凡是儒化程度较高的社会,文明程度也较高;凡是异端邪说占上风的时代,文明必遭破坏,野蛮也占上风,这已成为中国的历史规律。反儒是最大的文化反常和逆淘。所以,在反儒时代,恶势力最容易成长和成功。古今中外的极权恶制,往往有反常思想学说为先导。暴秦的成功有赖于法家学说的独秀,洪杨的兴起有赖于拜上帝教的泛滥。

在政治上,儒家是民本位,强调"仁民、亲民、保民","庶之、富之、教之",强调"民为重,社稷次之,君为轻"。反儒意味着反之而动。法家反儒,为君本位,君为重,社稷次之,民为轻,以忠君为最高道德，不论君主的明昏仁暴，一味强调效忠。这个原则一错，一切不可收拾。

公开倡导不忠不孝、以背叛忤逆为荣的学说是没有的。即使邪说邪法，也会讲道德讲正义，问题出在道德和正义的标准上。标准错误或者颠倒，越讲道德，越缺德，背道而驰。法家和各种邪说的问题就出在道德标准上。

例如，法家也讲忠，但它们只讲忠于君，而不讲忠于良知。所以它们的忠，要么虚伪，伪忠，不诚不信；要么愚昧，愚忠，不仁不义。又如黄宗羲早已在《原君》中指出，让国民不敢自私、不敢自利，是政治大恶，恶君之行。对民众"毫不利己专门利人"的教育和要求，是反道德的。

儒家的诸多文化、政治、道德教条都非常中正。例如仁爱，有差等而无止境，有亲疏而无局限，不偏不倚，特别中正。孟子说："君子之于物也，爱之而弗仁；于民也，仁之而弗亲。亲亲而仁民，仁民而爱物。"此言对此义理做了准确的表达，一言而决，毋庸再议。比较之下，墨子无差等的"兼爱"，杨朱有己无他的"为我"，都出了大差，皆非正论。

"亲亲、仁民、爱物"这个秩序不能颠倒，更不能为物而害民，为民而灭亲；"仁民"也有层次，先国内后国外。如果是儒家社会，杀本国之贫、济异国之富的情况就难以发生。

儒家教条具有高度的普适性。例如：仁者爱人，智者知人；自立立人，自达达人；己所不欲，勿施于人；以德报德，以直报怨；为政以德，譬如北辰；导之以德，齐之以礼；天下为公，选贤与能；万物并育而不相害，道并行而不相悖……毫无疑问，如果反掉了这一切，人与社会必然反常。

反儒的人与社会往往"家不家"。儒家强调五伦："父子有亲，君臣有义，夫妇有别，长幼有序，朋友有信。"反儒意味着反其道而行之，家庭中父子无亲，夫妇无别，长幼无序，甚而父不父子不子，夫不夫妻不妻，兄不兄弟不弟，更甚而父子相残，夫妻相叛，兄弟相灭。五四至今，例子无数。

无儒还好说，反儒最可怕，这种社会甚至小人也罕见。小人者，小心人也。传统社会的小人，不懂孔子但懂得尊重孔子，良知不明却也不丧，百姓日用而不知。孟子说："鸡鸣而起，孳孳（Zī）为利者，跖（zhí）之徒也。"虽然孳孳利己但不损人。今日跖之徒，特别恶劣，为了利己不吝损人。

倒孔运动堪称一条历史分界线。在此后的思想和语境中，很多词语和概念都变义或变质了，如革命、起义、大同、启蒙等等。大同是同道，不是共产；革命只能革暴君暴政的命，不能以某个阶级为敌也。

启蒙更是变成了蒙启，以己昏昏使人昭昭，何可得也。启蒙派于西学有不同程度的研究了解，宣传追求民主自由有功，却属无用功，盖他们昧于中华文化，昧于道德心性，盖釜底抽薪似的抽掉了本土文化道德根基，不仅让礼制成为不可能，也让民主成为不可能。

反儒社会是极权主义的最佳土壤。反掉仁爱，激发仇恨；反掉诚信，流行欺诈；反掉天理，泛滥邪欲；反掉良知，爆发恶习；反掉中道，横行邪说；反掉正义，树立歪理；反掉民本，利益君本；反掉王道，兴起暴政。注意，霸道非仁义和王道，却假借仁义和王道的名义，唯有极权暴政，才反仁义王道。

在这样的社会，少数正人和正派人让政治社会正常化的努力，就像愚公移山和西西弗斯推石上山，必定困难重重，往往劳而无功，智慧如果不足，很容易白白牺牲。故孔子说："天下有道则现，无道则隐。"无道就是政治失常、反常和逆淘汰。

值得一提的是，历史上，政治性反儒派都是反派人物、反面角色：一是暴君，如秦始皇、洪秀全；二是奸相，如商鞅、李斯、韩侂（tuō）胄；三是宦官。这个群体反儒的特别多，反得特别狠，东汉张让，唐朝仇士良，明朝汪直、刘瑾、魏忠贤就是其中佼佼者。五四以后，反儒成了正义事业，大量正派人物加入了反孔反儒大合唱。空前的颠倒导致空前的劫难。五四至今，劫难不断。近现代政治、制度、教育、科学各个领域的落后，尤其是道德的恶劣，都可以从"反儒"中找到根源。

## 三

一部人类历史，归根结底，是良知和恶习的斗争史。由于恶习深重，人类进步的道路注定无限曲折，充满难险；由于良知不灭，人类终将穿越一切艰难险阻，向着理想前进不已。正义和邪恶并存，光明和黑暗交织,但光明毕竟更为根本,正义才是"天下的主人"。

正义会缺席但不会永远缺席,光明会被蔽但不会永远被蔽,历史会倒车但不会永远倒车,社会会倒退但不会永远倒退。人类历史总体上,是从据乱世向升平世、再向太平世发展。人类文明是螺旋式上升而永无止境的。无论拐多少弯,多大弯,终将回到正确的道路上来。

在太平理想实现之前,文明与野蛮拉锯。置身于黑暗占上风的逆淘汰社会,尤其不幸。但对于正人君子来说,逆缘可以变顺缘,不幸也是一种幸运。

子曰:"岁寒,然后知松柏之后凋也。"(《论语·子罕》)能否行道,有赖于外缘,特别是政治社会环境;能否成就仁德,取决于自己,即完全看自己的努力。环境之恶,反而会成为有志之士成仁的助力和品格的衬托。东海有诗自勉曰:

旷古风霜莫逞凶,人间自有岁寒松。
花花草草摧残遍,浩气凌霄贯始终。

## 四

敌对双方有各种情况,并非都有正邪之别,除了一方正善一方邪恶,有的双方都邪恶,有的双方都有不同程度的正义性。《尚书·泰誓》说"同力度德",双方力量差不多,德高者胜;反过来也成立,同德度力，双方力量都有一定正义性的时候，或者说，双方正邪对比不太悬殊的时候，力大者胜。

明朝取代元朝、清朝取代明朝、民国取代清朝就是这种情况。

明灭元、民国灭清都有一定的正义性，但不能因此认元清为蛮夷和邪恶。清灭明是少数民族政权进犯，却也不乏历史合理性，不属于逆淘汰。元明清和民国都属于中华偏统，它们之间的战争，只能论胜负，无关乎正邪。

儒家强调华夷之辨，华是中华、华夏，代表文明；夷是夷狄、蛮夷，代表野蛮。中华又有正统、偏统之别，偏统政权的文明度远高于夷狄但逊色于正统。因此，偏统有一个特点，比上不足，比下有余，从正面看，可以发现很多好东西；从反面看，可以挑出大量毛病。

当然，即使是夏商周汉唐宋正统，要挑毛病，照样多多，这就需要一定的"历史的体谅"，不能用现代文明标准要求古代王朝。就像"有志于学"士，比小人强得多，比君子有所不足，但有志于学，有志于成德成圣。

"偏统"这个概念，是我专为元明清民（民国）四代发明的。于此四代，认其为中华正统，固然不行，不够格；以之为蛮夷政权，却也不宜。不宜有三：一不是实事求是的态度，不符合历史事实；二贬低了儒家的作用。元明清以儒立国，民国也相当尊儒，居然蛮夷不改，儒家作用何在？三不利于中华文明和中国领土的历史认知。偏统说的提出，如理如实，恰到好处。

判断一个政权的正偏优劣，必须从主导文化、政治模式、制度架构、社会状态、物质科技的发展程度等各方面做出综合考虑，对君臣品格和政策措施也要做全方位的观察。元明清为偏统的结论，就是综合考察的结果。

元明清都是尊儒家为主体文化，以儒家为指导思想的，并非逆淘汰时代，而明灭元、民灭清的时候，易如反掌，势如破竹，可见当时天心厌乱，民心思定，整体民意已厌倦战乱也不向前朝，故元明清都无法组织起有效的抵抗。

清灭明难度略大，但也有限。当时李闯和残明特别恶劣腐败，人心尽失，民心思定，清朝收拾残局，重建秩序，有其历史大势的必然。抵抗意志的衰退丧失，也意味着天道民心对明朝的放弃。因此，尽管清灭明正义性不高，但不属于逆淘汰。

元朝取代宋朝也不能说为逆淘汰。只能说，正统王朝的衰落期，败于偏统王朝的兴盛期。古代儒式家天下君主制，君相贤明，法度严明，可以代表中华。但若君昏臣奸、礼崩乐坏又不能改良，就违反了"敬天保民"的道统精神，等政治品格下降到一定程度，就会丧失中华代表性和天道合法性，退为一家一姓的小朝廷，甚至沦为劣质利益集团。

家天下君主制本属"历史的权道"，制度品质有限，存在先天性疾弊，难以摆脱兴衰败亡的历史轮回。到了晚期，各种弊端集中爆发，导致内忧外患深重，即使没有外敌，也会自溃自灭。这是家天下的宿命。

换言之，正统不是一劳永逸的。如果政治违反了道统，就会丧失了正统的地位和维护正统的能力，"咸有一德"、得乎天命的人物和势力就可以取而代之，另开政统，以续道统。道统原则有三：以民为本、为政以德和齐之以礼，三个原则相辅相成相互贯通。

宋朝虽为中华正统，但南宋品格不断降低，韩侂胄的反理学运动，已自绝于儒家和中华，宋末权奸贾似道当道，官德低下，民不聊生。几个君主虽非暴君，但昏庸无能，重用奸相，其罪维均。而忽必烈在潜邸时即广招诸国大儒，立下以儒立国之志。登基之后，已大力推行儒化工作，其君臣之英明雄武，盖世无双。此消彼长，南宋朝廷已无文化道德优势可言，军事武力更加不行，败亡是必然的。

有学者论断，如果不是元朝的武力中断，宋朝有望实现政治现代化，何其幼稚乃尔。虚君立宪制，清末有可能，宋末没可能，并非清廷高于宋廷，时代不同耳。

注意，元对宋的战争虽然不乏历史合理性，但不能做过度理解，说元灭宋"得到了人民的拥护"，仿佛宋民箪食壶浆欢迎解放似的。过犹不及，也不符合历史事实。崖山一战，为宋朝殉葬的军民就有二十多万。同样，元清灭亡的时候，也各有不少殉葬的烈士和怀念前朝的遗民呢。

总之，一句话：元对宋，明对元，清对明，双方都有一定的正义性，同德度力，力大者胜。

## 五

认可忽必烈和推崇文天祥,两不矛盾。文天祥誓死抗元,自有正义性;元朝消灭南宋,统一中国,以儒立国,结束了持久的分裂战乱局面,不乏历史进步意义。后来元朝失政,明太祖起兵灭元,但仍然高度推崇忽必烈,仍尊元朝为正统,还为诸多为保卫元朝而牺牲的烈士祭奠或立庙,正是儒家风范。

关于元朝,明太祖和明初诸儒最有发言权,明儒宋濂领衔编撰的《元史》最为权威。《元史》分析元朝刑法得失说:"此其君臣之间,唯知轻典之为尚,百年之间,天下又宁,亦岂偶然而致哉!"同时指出:"元之刑法,其得在仁厚,其失在乎缓弛而不知检也。"(《元史·刑法志》)

这也是元政的得失:能仁厚,正是拜儒家所赐;但过犹不及,偏离"中道"之正,以致缓弛而生弊。元朝社会自由度之高和赋税之轻在历史上首屈一指,但这种高和之轻并不符合儒家"中道",太宽仁了,仁而不义,貉道也。不过,比起明清,还是略优。明政严苛,清政狭隘,与元朝同为偏统,都是过分。

或说"为蒙元统治辩护的儒者余东海先生"如何如何,仅这句话就暴露了他的虚和浑。蒙古帝国和元朝大不同,元脱胎于蒙但换了文化政治之骨。我只承认元朝为偏统,不及蒙古——蒙古帝国不在我的研究范围内。

我论元朝，如理如实，自有儒经和正史凭据，是者是之，非之非之，非之不是攻击，是之不是辩护。肯定元朝的偏统地位，并非为蒙元辩护，也不是否定宋朝的正统性，任何严肃的学者对此心知肚明。

正史的真实性、可信度是最高的。要深入了解某个王朝的政治、经济、制度、法律、文化、教育、社会各方面真实状况，必须通过该朝的正史，各种野史仅有参考价值，道听途说则毫无意义。要了解研究元朝，《元史》是必读书。那什么"初夜权""九儒十丐"之类传说当论据，是对读者和自己的侮辱。

儒家强调公正公平，对人对事都必须公正，赞美批判都必须公平。对历史人物和历代王朝，也必须给予如理如实的评价，如理是符合中道义理，如实是符合历史事实。对于元清政治得失，应该实事求是。谬赞虚美，尊为正统，固然不可；恶意贬低，斥为蛮夷，同样不行，同样是对公道和儒家的背离。

## 六

关于民国和清朝。承认三民主义革命具有一定程度的正义性，并不意味着否定清朝的中华性。根据华夷之辨，"夷狄进于中国则中国之"，清朝高度儒家化，无疑属于中华政权，但毕竟是异族，儒化不够彻底，常常表现出满族主义的严重倾向，入关时杀戮过重，得国不正。

元、明、清都一样，有善有不善，争议特别大，或见其善而赞美之、过度拔高；或见其不善而抨击之，完全否定。唯儒家"正法眼"，才能"好而知其恶，恶而知其美"，给以如理如实的评价。关于清朝政治的种种，这里不论，只指出一点：清末的改良努力和宪政追求，就非蛮夷政权所能。

中国宪政追求发端于晚清儒家群体领导的戊戌变法。康有为在《上清帝第六书》、代拟《清订立宪开国会折》《请君民合治满汉不分折》提出定宪法，开国会，行三权鼎立之治，建议光绪帝"上师尧舜禹三代，外采东西列强，立行宪法，大开国会，以庶政与国民共之，行三权鼎立之制"。

大学士孙家鼐劝光绪："若开议院，民有权而君无权矣。"光绪答："朕但欲救中国，若能救民，则朕无权何碍？"变法失败，宪政追求遭受重大挫折，但一蹶又振。日俄战争前后，众多开明之士和清朝中央地方大员，包括军机大臣瞿鸿禨、直隶总督袁世凯、两江总督周馥和湖广总督张之洞都要求立宪。

《镇国公载奏请宣布立宪密折》中指出："宪法之行，利于国，利于民，而最不利于官"，"宪法既立，在外各督抚，在内诸大臣其权必不如往昔之重，其利必不如往日之优，于是设为疑似之词，故作异同之论，以阻扰于无形。彼其心非利有所受于朝廷也，保一己私权而已，扩一己之私利而已"。

或说立宪有损君权，载泽指出立宪有三大利：皇位永固，外患渐轻，内乱可弥；或说立宪利汉不利满，他说："方今外强逼迫，合中国之力尚不足以御之，岂有四海一家自分畛域之理？""不为国家建万年久长之祚，而为满人谋一家之私有"，"忠于谋国者决不出此"。

光绪三十一年六月十四日上谕，派员考察各国宪政；光绪三十四年八月一日，清政府颁布了《钦定宪法大纲》。宪法保障国民诸多权利，包括参政、言论、著作、出版、集会、结社以及人身权利不受侵犯等等。但清廷坚持以九年为预备立宪期，导致立宪派的大规模请愿抗议，要求立即召开国会，组织内阁。

清廷接受了资政院关于取消皇族内阁、召开国会的建议。于十月三十日连发三道上谕，表示要"誓于我国军民维新更始，实行宪政"，并立即释放政治犯，开放党禁，命令资政院起草宪法，在颁布宪法前拟定重大信条十九条，宣誓于太庙。《十九信条》采英国虚君共和制，比《钦定宪法大纲》更为先进。

晚清宪政运动，当然是内忧外患，形势所迫，却也相当真诚，光绪、康谭集团不用说了，慈禧也颇有诚意。

或问元与清有何不同。答：元清都是异族而尊儒。因为儒化，都属中华；因为异族，有民族主义倾向，偏离儒家之中正，都不过中华，故为偏统。此为两朝之同。元政过宽，宽而近乎弛；清政过严，严而近乎酷，此为两朝最大的不同。在严酷方面，明清不谋而合。

元与清还有一个共同点：在民众抗争激烈、矛盾高度激化的情况下，虽然镇压，意志不强，最后都做出了一定程度的退让。元朝最后一任皇帝元顺帝的号就是朱元璋加的。《元史·顺帝》："大明皇帝以帝知顺天命退避而去，特加其号曰顺帝。"

清朝对革命党也是强而不硬，凶而不恶，直到最后退位，多少体现了一定的民本思想和礼让精神。

清帝退位诏书表示："今全国人民心理，多倾向共和，南中各省既倡议于前，北方各将亦主张于后，人心所向，天命可知，予亦何忍以一姓之尊荣，拂兆民之好恶？是用外观大势，内审舆情，特率皇帝，将统治权归诸全国，定为共和立宪国体，近慰海内厌乱望治之心，远协古圣天下为公之义"云云，虽属无奈，懂得政治大义，毕竟是尊孔尊儒的效果。

儒家的华夷之辨，是文化和文明为基本标准，尊儒为华，悖儒为夷；有礼为华，无礼为夷；文明为华，野蛮为夷。

# 仁者无敌

## ——"儒家政权屡屡败亡"内因初探

文明、文化和道德是不同的概念，但三者之间异中有同，关系密切。简言之，道德是文化的核心，文化是文明的背景。一种文化对道德的认知越中正，道德资源越丰厚，其文化品级越高，所导出来的文明整体上越优秀和强大。儒家就是这样一种优秀的文化，作为中华文化的主统，缔造了中华文明数千年的辉煌。

所谓体用不二，全体大用，儒家"得道体之全"，作用自然特别大，中华文明尤其是政治文明就是这种作用的体现。

儒家是中道。"尧以是传之舜，舜以是传之禹，禹以是传之汤，汤以是传之文武周公"的，是位，更是道，中道，所谓"人心惟危，道心惟微，惟精惟一，允执厥中"。清华大学出土文献研究与保护中心"清华简"《保训》中，周文王反复强调要求儿子（武王）遵守中道，并以尧舜禹和商汤先祖以中道相传的故事勉励之。

中道政治即王道。《尚书·洪范》曰："无偏无陂，遵王之义。无有作好，遵王之道。无有作恶，遵王之路。无偏无党，王道荡荡。无党无偏，王道平平。无反无侧，王道正直。会其有极，归其有极。"

这是对王道政治的最好描述。

王道政治道德挂帅，以民为本，"正德，利用，厚生，惟和"（《尚书·大禹谟》）。在正德的前提下，利物之用，厚民之生，达致人与人、人与社会、人与自然和人类身心的高度和谐。

儒家充满科学精神，重视物质开发和科技探索，强调开物成务和格物致知，这个物，涵盖宇宙万象，包括人类肉体意识一切现象。这样的政治，这样的文明，当然是强大的。孟子说仁者无敌，岂虚言哉。

儒家当然不会主动致力于"大规模杀伤性武器"的开发，但是，若有"邪恶国家"穷兵黩武，或已开发"大规模杀伤性武器"，"正宗"的现代儒家政府，在军事和科技上，自有适当的因应之道，以保持克敌制胜之方和吊民伐罪之力。在政治、制度及科技各个领域，与时俱进、因时制宜，是儒家"时中"原则的必然要求。

或问："既然儒家如此优秀，何以历史上儒家政权屡屡败于异族或异端？孟子说仁者无敌，为什么历史上儒家仁本政治却不能无敌于天下？"

大哉问！这个问题，不少儒者遇到过，或有不少儒者为之困扰，也有一些儒者给予过解答，但都不够中肯和全面。这个问题不解决，"救亡无用、科学无用、治国无用"的"儒家无用论"就难以从根本上得到破斥，国人对儒家就难以起敬起信，儒家复兴和弘扬就会平添许多困难和障碍。东海试答如下。

首先，最好的学说，在付诸于政治社会大规模实践时，理论与实践都难免不同程度地脱节，儒家也不例外。尧舜禹汤文武周公的政治，理论实践高度统一，《诗》《书》《礼》《乐》《易》诸经，就是他们实践的结晶和理论的总结。然而，夏商周中晚期，理论与实践就渐渐脱钩了。汉唐宋也是这样，至于元明清，本来就偏离了儒家政治正道，越到后来，儒味越淡，晚期不可收拾，原是意料中事。

崇奉儒家中道的人都是儒者，然有士和君子之差，士相当于准君子。同样，接受道统指导的政权都是中华政权，然有正偏之别。尧舜禹夏商周汉唐宋皆为中华正统，元明清则为偏统——偏离了儒家中道，相当于准中华，比非中华（夷狄）强得多，但又不够文明和中华。

"儒家政权屡屡败于异族或异端"，原因错综复杂，最根本的内在原因是，儒家政权自身严重偏离乃至违背了儒家正道，徒有儒家之名而脱离儒家之实。主要表现有三：

一是领导层非儒化，君昏臣奸；二是制度层非儒化，礼崩乐坏；三是思想层非儒化，违背了民本原则和王道精神，或流于君本位，或流于民族本位。

儒家政权败于异族或异端，内因是自己不够儒家。如俗话所说，学艺不精，莫怪师傅。易言之，君子败于小人，是自己不够君子，或君子而不大。（在对等或相近的条件下，君子之大者不至败于小人盗贼之手。）另复须知，有时异族崇儒，反而更有儒家风范。

"儒家政权屡屡败亡于异族或异端"，情况多种多样。中国亡于异族主要有两次：蒙元和满清（五胡乱华另论），它们虽为异族，都非异端；明灭元，清灭明，民（国民党）灭清，从历史的高度看，是偏统取代偏统，仍属中华政权的更替。

公羊家将历史分为据乱、升平、太平三世。人类文明整体上当然是上升的，只不过这种上升是螺旋式的，或进一退三，或大绕弯子。

某些西哲亦不无见地。法国路易斯说过："人类文明在各个领域都获得了巨大的进步，不断地日趋完善，然而政治领域却是个例外。在政治领域中，仍然是欺诈与阴谋诡计在大行其道，人们的权利与自由仍然遭受到蔑视与否定。"

历史有其局限性。从据乱升向太平的漫长的过程中，文明和愚昧、光明和黑暗之间，仿佛一场拉锯战，相互之间各有输赢。

历史的局限源于人性的局限。人类深重的恶习，在"人人皆有士君子之行"的大同理想实现之前不可能消除，而且常常会趋于严重。文明和光明若占上风，本质上就是良知对恶习的战胜，相反则意味着恶习取胜。

儒家对家天下君主制曾经的认同和拥护，就是出于对历史局限性的尊重。家天下君主制"天然地"不利于民本原则和王道精神的落实，比起"天下为公选贤与能"的政治大道差得远，却有一定的历史合理性和民意合法性——在几千年时间段里，它曾经得到国民的普遍认同，在某些历史条件的成熟之前是难以超越的。

秦汉以后儒家王朝，理论与实践不同程度的脱节，亦可以视为这种局限性的轻度体现。就历史作横向比较，儒家指导和缔造的、包括精神和物质、政治和科技文明在内的中华文明,整体表现已高于西方。这就够了。就像面对所向无敌的蒙古铁骑,宋朝的抗争无疑是最持久、坚韧和悲壮的,这就足以证明儒家政治的优秀了。(宋朝的败亡,与其自身诸多政治失误和思想误区密切相关。宋朝虽为中华正统,但中晚期领导层和文化层问题重重。)

# 伟大的帝王师

帝王师，是文化之师。文化，涵盖知识、礼仪、制度、技术、智慧、信仰、道德。道德是文化的核心。秦汉以后的儒家或儒化程度较高的王朝，君臣关系较和谐，某些大臣作为帝师王傅，能够得到君主相当的礼遇，也可称为帝王师，但论形象、地位、权力，特别是道德的含金量，终究远逊于先秦帝王师。

夏商周没有儒家之名却有儒家之实，是古代儒家政治的正宗，那时的帝王师，形象崇高，地位尤尊，权力极大，有资格对天子进行一定的文化教育辅导，道德约束规范，甚至斥责和罢黜。如商朝的伊尹、傅说，西周的太公望、周公、召公、仲山甫等等，都堪称真正的、伟大的帝王师。

## 一、赫赫伊尹

伊尹，名挚，成汤之相，号阿衡，杰出的思想家、政治家、军事家、教育家，中国历史上第一个贤相和帝师。在商代的卜辞中屡见致祭伊尹的记载，其地位之尊介于殷先王与先公之间，且有大乙

（成汤）、伊尹并祀的卜辞，可见伊尹在商人中地位的尊崇。

在《汉书·刑律志》中，伊、吕并书，称赞其治国和军事才能；苏东坡著《伊尹论》，则更从政治角度称赞其是"辨天下之事者，有天下之节者"；夸伊尹不以私利动心，"故其才全，以其全才而制天下，是故临大事而不乱"。

伊尹生于伊洛流域古有莘国的空桑涧。因为其母在伊水居住，以伊为氏。尹为官名。

孟子曰："……伊尹耕于有莘之野，而乐尧舜之道焉。非其义也，非其道也，禄之以天下，弗顾也；系马千驷，弗视也。非其义也，非其道也，一介不以与人，一介不以取诸人。汤使人以币聘之，嚣嚣然曰：'我何以汤之聘币为哉？我岂若处畎亩之中，由是以乐尧舜之道哉？'汤三使往聘之，既而幡然改曰：'与我处畎亩之中，由是以乐尧舜之道，吾岂若使是君为尧舜之君哉？吾岂若使是民为尧舜之民哉？吾岂若于吾身亲见之哉？天之生此民也，使先知觉后知，使先觉觉后觉也。予，天民之先觉者也；予将以斯道觉斯民也。非予觉之，而谁也？'思天下之民匹夫匹妇，有不被尧舜之泽者，若己推而内之沟中。其自任以天下之重如此，故就汤而说之以伐夏救民。"（《孟子·万章》）

孟子说，伊尹耕于有莘之野，乐乎尧舜之道，淡泊富贵，自得其乐。成汤派人厚币聘请，但伊尹说，我要汤的聘币干什么呢？不如在乡间乐尧舜之道呀。成汤三次往聘,伊尹转念想:我自乐尧舜之道,何如使成汤成为尧舜之君,使天下之民众成为尧舜之民。我亲眼见到尧舜之世?自己作为先知先觉,自有"以斯道觉斯民"的文化责任,理当作努力让民众"被尧舜之泽"。因此,伊尹前去说服成汤征伐夏朝,以救民于水火。

孟子说"伊尹,圣之任者也",指的就是这种以天下为己任的责任承担。

在《尚书·说命》中,商朝第二十三位国王帝武丁这样回顾伊尹:"保衡伊尹这样说:我不能使我的君王做尧舜,我的心惭愧耻辱,好比在闹市受到鞭打。天下一人不得其所,他就说这是我的罪过。"("昔先正保衡作我先王,乃曰予弗克俾厥后惟尧舜,其心愧耻,若挞于市。一夫不获,则曰时予之辜。")这就是高度的、强烈的责任感使然。

关于伊尹出身,有不同说法。《吕氏春秋·求人》说:"伊尹,庖厨之臣也;傅说,殷之胥靡也。皆上相天子,至贱也。"《墨子·尚贤》:"伊挚,有莘氏女之私臣,亲为庖人。汤得之,举以为己相,与接天下之政,治天下之民。"《墨子·尚贤》称:"伊尹为有莘氏女师仆。"

或说是厨师,或说是有莘氏女之私臣,或说是师仆:仆人而任家庭教师者。这些说法与"躬耕于莘"之说有异,或者,伊尹先后做过这些事。总之,伊尹身份低贱是实。

伊尹见成汤有两种说法,一是伊尹毛遂自荐,负鼎游说成汤,成汤发现其很有才能而予以重用；一是成汤久闻其名，经"三使往聘"才为所用。司马迁并采两说，不置可否。《史记·殷本纪》载："伊尹名阿衡。阿衡欲奸汤而无由，乃为有莘氏媵臣，负鼎俎，以滋味说汤，致于王道。或曰，伊尹处士，汤使人聘迎之，五反，然后肯往从汤，言素王及九主之事。汤举任（伊尹）以国政。"

伊尹为了见到成汤，遂使自己作为有莘氏女的陪嫁之臣，说汤而被用为"小臣"。此说应该属实，因为金文称之为伊小臣。后伊尹为成汤重用，任阿衡，委以国政，故甲骨卜辞中称他为伊。

伊尹辅佐成汤灭夏，又助成汤制定了各种典章制度。

成汤经"十一征"后，剪灭了亲夏的方国，扩大了统治区域，完成了灭夏的战争准备。但伊尹为确保胜利，考虑到夏虽强弩之末，然它为中原之主已历时四百余年，声威余绪不可忽视。为试探各方国诸侯人心向背，伊尹建议汤停止向夏进贡，以观反应。桀怒而"起九夷之师"，准备大举伐商。伊尹见九夷等方国仍心向夏桀听从调遣，遂与汤复朝贡谢罪。第二年伊尹建议再次绝贡，桀又召诸侯在有仍（山东济宁南）会盟，准备伐商，此次不仅九夷之师不奉夏命（《说苑·权谋》），而且有缗氏首先叛反（《左传·昭公四年》）。伊尹看到夏桀已完全陷入孤立，认为时机已经成熟，立即建议汤向夏发起总攻，一举灭夏。

革命成功，伊尹对成汤有一段训词，称为《尹诰》。《尹诰》曾被《礼记》引用。"清华简"《尹诰》内容如下：

惟尹既及汤，咸有一德，尹念天之败西邑夏，曰："夏自绝其有民。亦惟厥众，非民无与守邑。厥辟作怨于民，民复之用离心，我翦灭夏。今后曷不监？"挚告汤曰："我克协我友。今惟民远邦归志。"汤曰："呜呼！吾何作于民，俾我众勿违朕言？"挚曰："后其赉之，其有夏之金玉日（牣）邑，舍之吉言。"乃致众于白（亳）中邑。（《清华藏简壹》）

全篇大意是：伊尹和成汤都有"一"之德。伊尹想到上天败了西边夏邑，说："夏王自绝于民。虽然夏邑有很多人，没有人民与他一起守邑。其君结怨于民，民报复他，因此离心，我们才灭了夏。如今君王何不引以为鉴？"尹挚告诉成汤说："我能和谐我们的友邦，现在远邦都有归附愿望。"成汤说："啊！我怎样为民造福，使我们民众不违背我的话？"尹挚说："君王应赏赐他们。夏朝的财宝满城，把它们分发给民众，吉祥。"于是把民众召集到了亳邑中心。

商朝建立后，成汤便封伊挚为尹。《殷本纪》皇甫谧注云："尹，正也，谓汤使之正天下。""正天下"就是要以身作则，作天下楷模，师范天下。

伊尹后来又做了汤王长孙太甲的师保。据《史记》记载，商汤临死时，长子太丁已去世。于是由太丁的弟弟外丙继位。三年后，外丙去世，外丙的弟弟仲壬继位。四年后仲壬去世，太丁的儿子太甲继位。但《书序》说："成汤既没，太甲元年，伊尹作《伊训》《肆命》《徂后》。"似乎祖孙两任天子之间并无外丙、仲壬。

为了教育太甲，伊尹有《伊训》《肆命》《徂后》等训词，讲述为王为政之道。

《肆命》《徂后》已佚。《肆命》《孔传》说"陈天命以戒太甲"，郑玄说"陈政教所当为也"；《徂后》《孔传》说"陈往古明君以戒"，郑玄说"言汤之法度也"。两种说法略异，因正文不存，难以辨别。可以肯定的是，它们和《伊训》一样，都是对太甲的教训。

太甲继位之初，作为开国元勋、革命元老和"冢宰"的伊尹，在祭祀商汤的仪式上，当着百官众臣和各路诸侯，对新任天子做了一番训示——这就是《伊训》。

训词先言成汤修德而有天下，要求太甲继承商汤的德政。伊尹以道德为政治最高原则，并将政权的得丧归源于道德的得失。夏朝先王因为推行德政，所以得到了上天的认同；夏桀的败亡是因为背离了德政传统，商汤也是因为道德崇高而成为天命的承担者和夏朝的掘墓人。真可谓顺之者昌，逆之者亡也。

成汤革命的正当性和商朝政权的合法性都来自于道德。成汤革命，是"皇天降灾，假手于我有命"，上天降下灾祸，借助于我汤王的手，汤王是拥有天命者；"惟我商王，布昭圣武，代虐以宽，兆民允怀"。我商王因为宣明德威，以宽仁代替夏王暴虐，所以得到了天下人民的信任怀念。

"今王嗣厥德，罔不在初，立爱惟亲，立敬惟长，始于家邦，终于四海。"现在我王嗣行成汤美德，不可不考虑开个好头。爱于亲人，敬于长上，从家国开始实践爱和敬，最终推广到天下。接下来，伊尹回忆成汤之德,从三个方面归纳了商汤留下来的政治、道德之遗产。

其一,以身作则起到表率作用,上行下效,上明下忠。"先王肇修人纪,从谏弗咈,先民时若。居上克明,为下克忠,与人不求备,检身若不及,以至于有万邦,兹惟艰哉!"

意谓汤王建立并遵循道德规范,从谏如流,顺从前贤,身居上位能够明察,为人臣者能够尽忠,对别人不求全责备,约束自己唯恐不及。因此达到拥有天下万国,这是很难的呀!

其二,广泛寻求德才兼备者,让他们来辅助你们这些后辈。"敷求哲人,俾辅于尔后嗣。"

其三,制定《官刑》,对百官高标准严要求。"制官刑,儆于有位。曰:'敢有恒舞于宫,酣歌于室,时谓巫风,敢有殉于货色,恒于游畋,时谓淫风。敢有侮圣言,逆忠直,远耆德,比顽童,时谓乱风。惟兹三风十愆,卿士有一于身,家必丧;邦君有一于身,国必亡。臣下不匡,其刑墨。'"

意味着制订《官刑》以警戒有官位者。《官刑》上说:敢有经常在宫廷舞蹈、在房室饮酒酣歌的,叫作巫风;敢有贪求财货女色、经常游乐田猎的,叫作淫风;敢有侮慢圣人教训、拒绝忠直谏言、疏远年老有德、亲近顽愚幼稚的,叫作乱风。这三种风十种罪过,卿士身上有一种,一定丧家;国君身上有一种,一定亡国。君王有过错,臣下不匡正,要受到墨刑。

最后是对嗣王的勉励、要求和警告,希望太甲敬念祖德,恪守祖制。"嗣王祗厥身，念哉！圣谟洋洋，嘉言孔彰。惟上帝不常，作善降之百祥，作不善降之百殃。尔惟德罔小，万邦惟庆；尔惟不德罔大，坠厥宗。"

意味着：嗣王要以这些教导警戒自身，念念不忘！圣谟美好，嘉训很明白！天命无常，做善事的赐给他百福，做不善的赐给他百殃。你为善不嫌小，泽被天下，天下庆幸；为恶不必大，也会丧宗庙。

"惟上帝不常，作善降之百祥，作不善降之百殃。尔惟德罔小，万邦惟庆；尔惟不德罔大，坠厥宗。"这段话，就是善恶报应之理的政治性表达。

《易传》曰："积善之家必有余庆，积不善之家必有余殃。"《中庸》说："言悖而出者，亦悖而入；货悖而入者，亦悖而出。"《国语·周语》云："天道赏善而罚淫。"孟子说："人必自侮然后人侮之。"曾子说："戒之戒之，出乎尔者反乎尔者。"《礼记·祭义》说："恶言不出于口，忿言不反于身。"老子说："天道无亲，常与善人。"韩非子言："祸福随善恶。"诸如此类，都是这一义理和规律的常识表述。

佛教则有轮回说与三世说。《中阿含经·思经第五》言："尔时，世尊告诸比丘：若有故作业，我说彼必受报，或现世受、或后世受。若不故作业，我说此不必受报。"兹不详说。

善恶报应，是因果律在人世间道德层面的作用。这不是迷信而是正信真理、人世铁律，普遍适用于个体和各种群体。此后中国无数历史事实，无数个体和群体（包括团体、民族、国家、社会等等）的结局，充分证明了这一规律之铁。

这也是一个正常社会所应该遵循的原则。善有恶报，恶有善报，肯定是不正常的。当今社会也有此现象，恶人往往得志，大量恶行得不到公正的追究惩处。但这种现象在根本上并不违反"善有善报，恶有恶报"的真理和原则。何以见得？

首先，"善有恶报，恶有善报"仅仅是表面现象而不是实质和究竟之"报"，是"过程"而不是结果；其次，"报"有无数类型，有显性的有隐性的，有物质的有心灵的，许多善恶之行不一定报在明处显处，不一定报以世间刑法。诸多隐性之报，难言之痛和心灵之灾，非局外人所能体会。

俗话说，自作自受。种什么瓜结什么果。俗话中有至理在，有宇宙"最高原则"在。因缘、因果之事，复杂无比，奥妙无穷，非世智聪辩所能"计算"，但善种或许一时不会结出善果，恶种绝对难以获得善报。很多事，人算不如天算，有时机关算尽，"反坏了卿卿性命"。

但太甲不听忠告，继位后不遵汤规横行无道，"颠复汤之刑"（《孟子·万章》）。伊尹再三劝谏，太甲都听不进去，总是"辟不辟"（即君不君）的样子。于是，放太甲于成汤墓葬之地桐宫，令其悔过。伊尹表示：

> "兹乃不义，习与性成。予弗狎于弗顺，营于桐宫，密迩先王

其训,无俾世迷。王徂桐宫,居忧,克终允德。"(《尚书·太甲》)

大意是说:嗣王这样就是不义。习惯成性,我不能轻视这种不顺义理的行为。要在桐营造宫室,使嗣王亲近先王遗训,莫使终身迷误。嗣王去桐宫,处在忧伤的环境,将能成就诚信的美德。

"习与性成"作为一种人性论,自伊尹提出后,影响深远。人性分为本性和习性,人的习惯养成就成为习性。所谓习惯成自然,习性往往根深蒂固,与自然本性相似。孔子"性相近也,习相远也"的命题就与伊尹之说相惬。王夫之专门对"习与性成"这个论断做了较详细的阐述。

三年中,伊尹摄政当国,处理国事,代表天子接受诸侯朝见。太甲守桐宫,追思成汤功业,学习伊尹训词,深刻反省,"处仁迁义",悔过反善。于是,伊尹亲自到桐宫迎接他归位,自己仍继续当太甲的辅佐。

太甲自初立至放而复归,伊尹每进言以戒之,史官叙其事作《太甲》三篇,其中记录了太甲被流放桐宫的原因、过程,及桐宫悔过自新的经历,上篇是放桐宫之事,中下二篇是归亳之事,下篇伊尹喜君悔过,丁宁申诰,冀其不断进步。可谓惩恶于前,奖善于后,鞠躬尽瘁,死而后已。

《太甲》中伊尹的道德训词,有的已经成为后世名言及成语。如"天作孽,犹可违;自作孽,不可逭","奉先思孝,接下思恭。视远惟明;听德惟聪","惟天无亲,克敬惟亲。民罔常怀,怀于有仁",

"若升高，必自下，若陟遐，必自迩"，"一人元良，万邦以贞"及习与性成、万世无疆、慎终于始等等。

这个伊尹放太甲的故事在《孟子》《左传》《史记》中都有记载，《史记·殷本纪》载：

"帝太甲既立三年，不明，暴虐，不遵汤法，乱德，于是伊尹放之于桐宫。三年，伊尹摄政当国，以朝诸侯。帝太甲居桐宫三年，悔过自责，反善，于是伊尹乃迎帝太甲而授之政。帝太甲修德，诸侯咸归殷，百姓以宁。"

《孟子·尽心》中孟子与公孙丑有一段对话。公孙丑曰："伊尹曰：'予不狎于不顺，放太甲于桐，民大悦。太甲贤，又反之，民大悦。'贤者之为人臣也，其君不贤，则固可放与？"孟子曰："有伊尹之志，则可；无伊尹之志，则篡也。"

君若不贤，大臣有伊尹之志，可以放之，"无伊尹之志"而这么做就是篡位。当然，若是暴君，驱逐、流放甚至诛杀都可以。

太甲复位后"勤政修德"，继承成汤之政，商朝政治又出现了清明局面。《史记》称"诸侯咸归殷，百姓以宁"。于是伊尹又作《太甲》三篇，《咸有一德》一篇褒扬太甲。太甲终成有为之君，被后代尊称为大宗。

人不会因为有权就有德，人应该因为有德而有权。无德者不可能正确使用手中权力，不可能以权谋公，为民谋福利，为国建良制。

古今无数事实说明，缺德者掌权当政，是国民和国家的不幸，也是当政个人的不幸。有伊尹这样逼他改过自新的师保，太甲是幸运的。

曾子曰："可以托六尺之孤，可以寄百里之命，临大节而不可夺也。君子人与？君子人也！"（《论语·泰伯》）这般德才兼优的君子人，非一般意义上的君子可比，伊尹当之无愧。这也才是真正的帝王师啊。《孟子》说："汤之于伊尹，学焉而后臣之，故不劳而王。"有这样的老师，成汤想不革命成功、太甲想不改邪归正，都不可能啊。用师则王，然哉然哉。

## 二、傅说：从奴隶到宰相

商王盘庚去世，弟小辛继位，商朝有所回落。帝小辛去世，弟小乙继位。帝小乙去世，其子武丁立，是为帝武丁，商朝第二十三位国王，庙号高宗。他即位以后，兢兢业业、不敢荒宁，励精图治，决意振兴商朝。据《史记·殷本纪》载：

"帝武丁即位，思复兴殷，而未得其佐。三年不言，政事决定于冢宰，以观国风。武丁夜梦得圣人，名曰说。以梦所见视群臣百吏，皆非也。于是乃使百工营求之野，得说于傅险中。是时说为胥靡，筑于傅险。见于武丁，武丁曰：是也。得而与之语，果圣人，举以为相，殷国大治。故遂以傅险姓之，号曰傅说。"

傅说，商王武丁的大宰相，是殷商时期卓越的政治家、思想家及军事家及建筑科学家——他原为刑徒，其所创造的"版筑"技术，是我国建筑科学史上的巨大成就，是人类建筑史上的巨大进步。

在《说命下》，武丁对傅说说："来！汝说。台小子旧学于甘盘，既乃遁于荒野，入宅于河。自河徂亳，暨厥终罔显。尔惟训于朕志，若作酒醴，尔惟麹蘖；若作和羹，尔惟盐梅。尔交修予，罔予弃，予惟克迈乃训。"

"来！你傅说。我旧时候向甘盘（商代贤臣）学习过，不久就躲避于荒野，入居黄河边，又从黄河回到亳都，到后来学习始终没有显著进展。你顺从我学习的志愿，比如做甜酒，你就做曲蘖；比如做羹汤，你就做盐和梅。你多方指正我，不抛弃我。我能够履行你的教导。"

可见，武丁年少时，曾有过民间生活的经验，很可能就是这段时间认识了傅说并了解其德行才干。继位以后，欲加重用，担心贵戚旧臣不服，就想出了"夜梦得圣人"的点子。

傅说被委以重任当了相国后，辅佐武丁，励精图治，使商朝变得空前强盛，开创了著名的"武丁中兴"的盛世辉煌，圣君贤相共努力，留下了万古不朽的《说命》三篇。

《书序》曰："高宗梦得说，使百工营求诸野，得诸傅岩，作《说命》三篇。"《说命》是武丁任命傅说为相的命辞，同时记录了傅说对武丁的进言。

《说命》开头介绍了武丁寻找傅说的经过。高宗居父丧，三年不言。免丧以后还是不论政事，群臣进谏。王因作书告谕群臣说："以我做四方表率，我恐怕德行不够，所以不发言。我恭敬沉默，思考治国之道，梦见上帝赐给我一位贤良辅佐，他将代替我发言。"于是详细画出了他的形象，使人拿着图像到遍天下寻找。傅说在傅岩之野筑土，和图像相似。因此立他为相，王把他设置在左右。

傅说接受王命，总理百官，就向王进言，告之以"明王"所当为和为王为政的注意事项，如要顺从天道、不贪逸乐、效法上天、言语谨慎、不可轻用武力等等。

商王武丁听了，夸奖傅说说："好呀傅说，你的话应当实行。你如果不善于进言，我就不能勉力去做了！"

傅说说拜稽首说："不是知道道德的重要性不艰难，是实践起来艰难。王诚心不以实行为难，就真合于先王的盛德；我傅说如果不说就有罪过。""非知之艰，行之惟艰"这句名言就出在这里。

《说命下》，傅说继续劝导武丁要努力谦逊地学习古训，因为"事不师古，以克永世，菲说攸闻"。事业不效法古训而能长治久安的，我傅说没听说过。古训，指的是古圣先王之训，修身治国平天下之道。只要好好学习和借鉴先王成法，道德在自己身上就会不知不觉增长，政治将永久没有失误。

武丁赞扬傅说："天下人敬仰我的德行，都是傅说教育教化的结果。表示自己要以先王成汤为榜样，也希望傅说像伊尹辅助成汤一样辅助自己，不要让伊尹专美于前。"

或曰"奴隶而又有才谓之奴才"，未必也。是否奴才取决于德性，与身份无关，与才华更无关。有钱有势、当家做主、才华横溢者，若甘于帮凶、勇于作恶，同样是奴才。或为恶主的奴才，或为恶制的奴才，都是恶习的奴才。而奴隶，只要德行高尚、人格健康，就是真英雄、大丈夫。如这个傅说，后面的五羖（gǔ）大夫，西方的斯巴达克斯，虽然都是奴隶出身又有奇才异能，何尝有丝毫奴性？

# 儒家的土地所有制

要谈儒家政治的土地所有制,不能不了解井田制。

井田制可分为"八家为井而有公田"与"九夫为井而无公田"两种模式。《孟子·滕文公》载:"方里而井,井九百亩。其中为公田,八家皆私百亩,同养公田。公事毕,然后敢治私事,所以别野人也。"这是八家为井而有公田者。一块一方里的土地,划成井字形般九百亩田,中间的一百亩为公田,由八家共耕;其余八百亩私田配给八户人耕种,公田的收成归封建主,私田则归农户自享。

《周礼·地官·小司徒》载"乃经土地而井牧其田野,九夫为井,四井为邑,四邑为丘,四丘为甸,四甸为县,四县为都,以任地事而令贡赋,凡税敛之事"云,这是九夫为井而无公田者。这是周时井田制,把九百亩大小一块田,分为九个百亩一块的田,每夫授田一块。每年终了,按百亩的实际收获量征收实物,税率为十分之一。

《孟子·滕文公》说:"夏后氏五十而贡,殷人七十而助,周人百亩而彻,其实皆什一也。彻者,彻也;助者,藉也……《诗》云:

雨我公田，遂及我私。惟助为有公田。由此观之，虽周亦助也。"

助是服劳役于公田，彻为缴纳地产实物。"周法，什一而税，谓之彻。"彻是以实物形式上缴土地税。夏商两代行助法，周行彻法。税法不同，都是十一制，十取其一。所以孟子说虽周亦助，彻法无异于助法。朱熹孟子集注在"助者藉也"句下的注解对夏、商、周三代贡、助、彻法下的井田制说得非常详明，引之如下：

"夏时，一夫授田五十亩，而每夫计其五亩之入以为贡。商人始为井田之制，以六百三十亩之地画为九区，区七十亩，中为公田，其外八家各授一区，但借其力以助耕公田，而不复税其私田。周时，一夫授田百亩。乡遂用贡法，十夫有沟；都鄙用助法，八家同井。耕则通力而作，收则计亩而分，故谓之彻。其实皆什一者，贡法固以十分之一为常数，惟助法乃是九一，而商制不可考。周制则公田百亩，中以二十亩为庐舍，一夫所耕公田实计十亩。通私田百亩，为十一分而取其一，盖又轻于什一矣。窃料商制亦当似此，而以十四亩为庐舍，一夫实耕公田七亩，是亦不过什一也。彻，通也，均也。藉，借也。"

井田制下，根据质量高低，田地分为三品，三年重新分配一次。定期重新分配土地以达到"财均力平"的目的。《公羊传·宣公十五年》何休注说："司空谨别田之高下、善恶，分为三品。上田一岁一垦，中田二岁一垦，下田三岁一垦。肥饶不能独乐，饶角不得独苦，故三年一换主（土）易居，财均力平。"

关于井田制的性质，学界或认为是奴隶制下的土地国有制，或认为是奴隶制下的农村公社制，或认为是封建制度下的土地领主制，或认为是封建制度下的家族公社制或农村公社制，都不对。

东海以为，井田制具有双重性：公有（国有）和私有两种性质的统一。商时公有（国有）成分偏重，周后"九夫为井"之制，私有元素增多。

井田制有国有性质，"普天之下，莫非王土"。但王有是名义，与现在的国有制、公有制不同；井田制又有私有性质，"耕者有其田"，但与秦汉以后和现代西方的私有制不同的是，土地不能买卖。比起私有制，民有制更加公正平等，并可有效抑制土地兼并——强势集团巧取豪夺、兼并土地，是历代王朝中晚期时难以摆脱的一大宿疾。

春秋开始礼崩乐坏，井田制中私有成分越来越重。西周中期开始有了土地交易，由此逐步发展为土地私有。公元前594年，鲁国实行"初税亩"，正式承认私田合法性。

从兼具国有民有、公有私有双重性质的井田制发展为土地私有制，过程大概是这样的：井田制实行定期平均分配，最初或是三年一分，收获之后又归到一起，或者作为草地使之休耕，以恢复地力，三年后再分别块土地。这样田是休耕，人是换土易居，即何休注《公羊传》所说："圣人制井田之法"，"三年一换土易居"。后来制度败坏，不再收回重分，土地就完全归个人所有了。

各种财产可以私有，井田制亦有私有性质，因此古时就有类市场经济。易经说："日中为市，致天下之民，聚天下之货，交易而退，各得其所，盖取诸《噬嗑》。"这里描述的就与西方市场经济仿佛。

世易时移，井田制这种制度形式，适合封建和准封建的夏商周时代，但不再适合后世。后世一些文化人和政治家试图恢复井田制，都未能如愿。最典型的是王莽，大搞复古主义，试图恢复周礼和井田，如孔子所说："生乎今之世，反古之道。如此者，灾及其身者也。"（《中庸》）

自汉唐至明清，历代王朝都实行土地私有制，私有为主，公有为辅。公有包括国家和集体所有，如官田、学田、寺田、屯田、族田等分别属于政府、学府、寺庙、军队、家族。赵冈认为："私有土地是中国历史上最主要的土地所有权制度。"（赵冈、陈钟毅《中国土地制度史》）

古代虽无严格意义的土地私有权的法律观念，但国民拥有土地实际所有权。无论王朝怎样更替，不影响民间土地买卖和继承，不改变土地的私有性质。土地私有，家族沿袭，私人产权和私产安全获得历代礼制的保护。正如王夫之所言："若土，则非王者之所得私也。天地之间，有土而人生其上，因以资养焉。有力者治其地，故改姓受命，而民自有其恒畴，不待王者而授之。"（《噩梦》）

阅习了耿元骊的《唐宋土地制度与政策演变研究》，又进一步浏览了《中国政治制度小史》《西汉经济史》《两宋田赋制度》等，尽管诸书结论并不一致，但让我进一步了解了一些古代土地所有制的情况，更加坚定了"历代王朝土地制度皆以私有制为主"的观点。

其中耿元骊先生的说法最有代表性。耿先生说："唐宋土地制度核心是土地私有制，土地的法律保障一直存在，土地买卖一以贯之。"（《唐宋土地制度与政策演变研究》）耿元骊说的是唐宋，扩展为历代王朝同样成立。他又说："放在历史大趋势和大脉络里面，至少从春秋到明清的历史上，土地都是私有，土地制度并没有一个一般认为的那样从公有到私有的转变。"又说："春秋以后，进入土地私有阶段。土地的国有并不存在，因为皇帝也有自己的私田私庄。多数土地是有主人的，或者是政府，或者是私人，但绝无所谓的'人民公有'。普天之下，莫非王土，取其代表含义而已。"这是卓见。唯耿先生与诸多学者一样将井田制定性为公有制，则是错误的，理由见前。

所有制是政治制度的重要组成部分，土地所有制是所有制的核心。从土地私有制可知，自汉唐至明清，儒家经济制度为私有制。

不少人将公天下与公有制混为一谈。殊不知，《礼记》中孔子提出"奉三无私以劳天下"的为政原则和"大道之行，天下为公"的伟大理想，强调的是政治公道、法律公平、社会公正，可不是实施公有制。相反，制民之产，维护国民私有财产的安全，是公天下题中应有之义。在所有制方面，儒家主张私有制，公有经济只能作为补充。

或说："公有、私有都是手段，相机而用。两者也可以掺杂使用。"没错,公有私有都是手段,但作为制度,何者为主却至关重要。私有制并不意味着取消所有公有财产和国营企业。相反,只有在私有制之下,每个公民的财产才能得到制度坚硬的保障,民有恒心,公营事业和国营企业才能得到更好的发展。

# 谈谈电影《赵氏孤儿》

当年看《史记》《东周列国志》时，曾经被"赵氏孤儿"的故事深深地感动。听说拍成了电影《赵氏孤儿》，就带上儿子一起去欣赏。这个古老的故事经过导演的改造，表面看来，程婴这个主人公似乎人性化了，其实是将程婴的性格以及整个故事平淡化、庸俗化了，原来故事中的闪光点、精华处都没了。

原来故事中，赵朔妻的忍辱负重，公孙杵臼的重义轻生，韩厥的热性义气，赵武的知恩图报，无不栩栩如生，原来的程婴，其言其行更是充满着古色古香的侠义之风。论人物特征之鲜明，形象之饱满，论情节之曲折惊险，这个故事本身就已经非常精彩，只要老老实实拍出来，就是一部非常精彩的影片。

例如，《史记·赵世家》载："杵臼谓朔友人程婴曰：'胡不死？'程婴曰：'朔之妇有遗腹，若幸而男，吾奉之；即女也，吾徐死耳。'"

一个问得尖锐，一个答得侠义。这样的朋友多么难得，这样的问答千古流光。

又如，《史记·赵世家》载："公孙杵臼曰：'立孤与死孰难？'程婴曰：'死易，立孤难耳'。公孙杵臼曰：'赵氏先君遇子厚，子强为其难者，吾为其易者，请先死。'"

你辛苦些，活下去好好抚养孩子，请允许我先死了。君为其易，我为其难。怎样的慷慨之士，怎样的视死如归，才能说出这样的话、做出这样的选择。在史书中，公孙杵臼是门客，程婴则是赵朔的朋友，与赵家的关系更深，所以也理当承当更重的责任。

又如："及赵武冠，为成人，程婴乃辞诸大夫，谓赵武曰：'昔下宫之难，皆能死。我非不能死，我思立赵氏之后。今赵武既立，为成人，复故位，我将下报赵宣孟与公孙杵臼。'赵武啼泣顿首固请，曰：'武愿苦筋骨以报子至死，而子忍去我死乎！'程婴曰：'不可。彼以我为能成事，故先我死；今我不报，是以我事为不成。'遂自杀。"

尽管最后程婴的自杀没有必要，也不符合儒家的中庸之道，却是符合程婴的性格逻辑的。这一自杀，奏响的是程婴生命之歌的高潮，也是本故事的高潮。

经过导演的改造之后，上述精彩之处不见了，原来故事中那种慷慨悲壮、血性豪侠的春秋古风都不见了，反而增加了不少违背常理、常情之处和难以弥补的逻辑破绽，正如某网友所说：

"将一个与哈姆雷特齐名的，属于世界的悲剧故事，糟蹋成两个爹的白痴故事，将流传千古的春秋义士形象，一个塑造成胆小懦弱、形势所迫的郎中，一个塑造成一心求死、脑残的中大夫。""将精彩的导演成平淡，将崇高的改编成庸俗，就是当前中国一些导演们的不足之处。"

导演们自以为很懂人性，其实不识本性的奥妙和人性的复杂，对人性的了解和理解都是一知半解的（这是缺乏中华文化修养者的惯病），所以就难免以庸人之心度烈士之腹，以今人之心度古人之腹，难免点金成铁，把一个惊心动魄、光彩四溢的历史传奇"糟蹋成两个爹的白痴故事"。

附《史记·赵世家》节选：

……贾（屠岸贾）不请而擅与诸将攻赵氏于下宫，杀赵朔、赵同、赵括、赵婴齐，皆灭其族。赵朔妻成公姊，有遗腹，走公宫匿。赵朔客曰公孙杵臼，杵臼谓朔友人程婴曰："胡不死？"程婴曰："朔之妇有遗腹，若幸而男，吾奉之；即女也，吾徐死耳。"居无何，而朔妇娩身，生男。屠岸贾闻之，索于宫中。夫人置儿绔中，祝曰："赵宗灭乎，若号；即不灭，若无声。"及索，儿竟无声。已脱，程婴谓公孙杵臼曰："今一索不得，后必且复索之，奈何？"公孙杵臼曰："立孤与死孰难？"程婴曰："死易，立孤难耳。"公孙杵臼曰："赵氏先君遇子厚，子强为其难者，吾为其易者，请先死。"乃二人谋取他人婴儿负之，衣以文葆，匿山中。程婴出，谬谓诸将军曰："婴不肖，不能立赵孤。谁能与我千金，吾告赵氏孤处。"诸将皆喜，许之，发师随程婴攻公孙杵臼。杵臼谬曰："小人哉程婴！昔下宫之难不能死，与我谋匿赵氏孤儿，今又卖我。纵不能立，而忍卖之乎？"抱儿呼曰："天乎天乎！赵氏孤儿何罪？请活之，独杀杵臼可也。"诸将不许，遂杀杵臼与孤儿。诸将以为赵氏孤儿良已死，皆喜。然赵氏真孤乃反在，程婴卒与俱匿山中。

居十五年，晋景公疾，卜之，大业之后不遂者为祟。景公问韩厥，厥知赵孤在，乃曰："大业之后在晋绝祀者，其赵氏乎？夫自中衍者皆嬴姓也。中衍人面鸟噣，降佐殷帝大戊，及周天子，皆有明德。下及幽厉无道，而叔带去周适晋，事先君文侯，至于成公，世有立功，未尝绝祀。今吾君独灭赵宗，国人哀之，故见龟策。惟君图之。"景公问："赵尚有后子孙乎？"韩厥具以实告。于是景公乃与韩厥谋立赵孤儿，召而匿之宫中。诸将入问疾，景公因韩厥之众以胁诸将而见赵孤。赵孤名曰武。诸将不得已，乃曰："昔下宫之难，屠岸贾为之，矫以君命，并命群臣。非然，孰敢作难！微君之疾，群臣固且请立赵后。今君有命，群臣之愿也。"于是召赵武、程婴遍拜诸将，遂反与程婴、赵武攻屠岸贾，灭其族。复与赵武田邑如故。

及赵武冠，为成人，程婴乃辞诸大夫，谓赵武曰："昔下宫之难，皆能死。我非不能死，我思立赵氏之后。今赵武既立，为成人，复故位，我将下报赵宣孟与公孙杵臼。"赵武啼泣顿首固请，曰："武愿苦筋骨以报子至死，而子忍去我死乎！"程婴曰："不可。彼以我为能成事，故先我死；今我不报，是以我事为不成。"遂自杀。赵武服齐衰三年，为之祭邑，春秋祠之，世世勿绝。

# 扎紧嘴巴沉住气

## ——干大事者必读

干大事需要有大才。何谓大才？可以括以四个字："智谋深沉"。既足智多谋，又能凝重沉稳，深藏内敛，从容冷静，不动声色，如俗话所说，扎得紧嘴巴、沉得住气。而且深沉比智谋更重要，深沉才是大智。

明末大儒吕新吾说："安重深沉是第一美质，定天下之大难者此人也，办天下之大事者此人也。"（《呻吟语》）所谓胆欲大而心欲小。泰山崩于前而色不变，这是胆大；战略越宏伟策略越细密，目标越远大措施越仔细，这是心小。胆大方能安重，心小方能深沉。

撇开道德不论，干好事需要深沉，干坏事同样需要深沉——奸雄也不是那么容易做的。《东周列国志》中有一个惊心动魄的故事，正好说明浅浮粗疏、奸而不雄而自取灭亡的可悲。故事出自该书第十一回《宋庄公贪赂构兵　郑祭足杀婿逐主》，梗概是：

在郑大夫祭足拥立下，郑国公子突即位为君，是为厉公。祭足统揽大小政事，居功骄横，郑厉公想杀之而后快。郑大夫雍纠是祭足的女婿，看出厉公的心思，就表态说，娶祭足的女儿，是出于宋君所迫，并非自己所愿。厉公许愿说："你如果杀了祭足，我让你代替他的职位。"于是雍纠策划好了杀祭足的计划。接着是《东周列国志》的描写：

雍纠归家，见其妻祭氏，不觉有皇遽之色。祭氏心疑，问："朝中今日有何事？"纠曰："无也。"祭氏曰："妾未察其言，先观其色；今日朝中，必无无事之理。夫妇同体，事无大小，妾当与知。"纠曰："君欲使汝父往东郊安抚居民；至期，吾当设享于彼，与汝父称寿，别无他事。"祭氏曰："子欲享吾父，何必郊外？"纠曰："此君命也，汝不必问。"祭氏愈疑。乃醉纠以酒，乘其昏睡，佯问曰："君命汝杀祭仲，汝忘之耶？"纠梦中糊涂应曰："此事如何敢忘！"早起，祭氏谓纠曰："子欲杀吾父，吾已尽知矣。"纠曰："未尝有此。"祭氏曰："夜来子醉后自言，不必讳也。"纠曰："设有此事，与尔何如？"祭氏曰："既嫁从夫，又何说焉？"纠乃尽以其谋告于祭氏。祭氏曰："吾父恐行止未定。至期，吾当先一日归宁，怂恿其行。"纠曰："事若成，吾代其位，于尔亦有荣也。"

祭氏果先一日回至父家，问其母曰："父与夫二者孰亲？"其母曰："皆亲。"又问："二者亲情孰甚？"其母曰："父甚于夫。"祭氏曰："何也？"其母曰："未嫁之女，夫无定而父有定；已嫁之女，有再嫁而无再生。夫合于人，父合于天；夫安得比于父哉！"其母虽则无心之言，却点醒了祭氏有心之听。遂双眼流泪曰："吾今日为父，不能复顾夫矣！"遂以雍纠之谋，密告其母。其母大惊，转告于祭足。祭足曰："汝等勿言，临时吾自能处分。"

至期，祭足使心腹强鉏，带勇士十余人，暗藏利刃跟随。再命公子阏率家甲百余，郊外接应防变。祭足行至东郊，雍纠半路迎迓，设享甚丰。祭足曰："国事奔走，礼之当然，何劳大享。"雍纠曰："郊外春色可娱，聊具一酌节劳耳。"言讫，满斟大觥，跪于祭足之前，满脸笑容，口称百寿。祭足假作相谡，先将右手握纠之臂，左手接杯浇地，火光迸裂。遂大喝曰："匹夫何敢弄吾！"叱左右："为我动手。"强鉏与众勇士一拥而上，擒雍纠缚而斩之，以其尸弃于周池。厉公伏有甲士在于郊外，帮助雍纠做事，早被公子阏搜着，杀得七零八落。厉公闻之，大惊曰："祭仲不吾容也！"乃出奔蔡国。

雍纠所策划的的计划相当不错，本来成功的概率很高，可谓有谋，可惜此人太也浅率疏漏，毫不设防，"胸无城府"，老实得可恨、可怜、可笑，简直还有些可爱呢。

你瞧他丝毫沉不住气，居然在妻子祭氏面前自露马脚；继而被祭氏以酒灌醉，而诈出实话，继而向祭氏把真相和盘托出，继而任凭祭氏找借口回娘家……对于祭氏种种明显的疑点，一点不怀疑、不防范，一错再错、三错四错，终于坏了"大事"，害自己丢了性命，害主子（郑厉公）丢了大位。

难怪厉公出逃蔡后，听说是雍纠告诉祭氏所以泄密给祭足，叹道："国家大事，谋及妇人，其死宜也。"这话一针见血。不过，谋及小人与"谋及妇人"，半斤八两耳。把这么生死攸关的"国家大事"

随随便便托付给雍纠这种人物，毫无知人之明，本非成事之主。

知夫莫若妻。在这个故事里，雍纠的妻子祭氏能够察言观色，套出丈夫心中机密，不失为聪明有计谋，但也只是小聪明、小计谋而已。本来她可以做出更好的选择的。清蔡元放评曰："祭氏此时确乎难处：不告则杀父，告之则杀夫。唯有暗阻其行，而讽以避祸，庶乎可耳。尽泄其谋，是明教以杀夫矣。其与助夫杀父之罪，相去几何？妇人不知大义，便至陷于大恶而不能救，惜哉。"

当然，从道德的角度看，这对君臣都不是什么好东西，活该遭到恶报。雍纠贪图权位而自告奋勇，谋杀岳父，尤其天理不容、罪无可恕。无论出于什么原因，既娶其女，便是半子，且不论祭足罪不该死，即使罪该万死，也轮不到雍纠来杀。

# 没有学问将不了军

## ——一个小故事

在《学问的高明与良知的光明》一文中,我曾指出,学问不足或没有文化的人(这里的文化指的是儒化,亦即道德化、文明化、智慧化),言行很难正确,往往动辄出错,做人做事都做不好,待人处事很容易出问题。

这种事例古今中外无数无量,《东周列国志》中也俯拾皆是。其中有一个故事很典型地说明,没有学问或学问不足的人,干什么都不行,带兵打仗更不行。该故事出在该书第六十一回《晋悼公驾楚会萧鱼 孙林父因歌逐献公》中。

故事背景是:晋悼公派遣荀偃(姬姓,中行氏,名偃,字伯游,又称中行偃,因中行氏出自荀氏,故又多称荀偃,时人尊称他为中行伯。晋悼公时任晋国中军元帅)率领三军,同鲁、宋、齐、卫、郑、曹、莒、邾、滕、薛、杞、小邾十二国大夫伐秦。

……于是诸侯之师皆进,营于棫林。谍报:"秦军相去不远。"荀偃令各军:"鸡鸣驾车,视我马首所向而行!"(蔡元放评:"既非有奇谋秘计惧人之漏泄，何以忽出如此之令？难怪人之不服也。"）

下军元帅栾黡，素不服中行偃，及闻令，怒曰："军旅之事，当集众谋，即使偃能独断，亦宜明示进退，乌有使三军之众，视其马首者？我亦下军之帅也，我马首欲东。"遂帅本部东归。（蔡元放评："纵不服元帅，独不为国家计及军中之纪律计乎？总是骄横之至。"）

东海曰：此令下得莫名其妙，确实不当，栾黡批评得对。但此令毕竟无大碍，既非"有损于国家"，又非"贻祸于军行"，栾黡作为下级，纵然不服，也当执行。也可私下予以劝告和指正，从后面看，荀偃能够自我认错，不是顽固之人。如果实在不服，哪怕公开顶撞，也不应随随便便就擅自行动。

副将魏绛曰："吾职在从帅，不敢俟中行伯矣。"亦随栾黡班师。早有人报知中行偃。偃曰："出令不明，吾实有过。令既不行，何望成功？"乃命诸侯之师，各归本国，晋帅亦还。（蔡元放评：栾黡虽归，而诸侯之师甚众，何不申明约束，别图进取？乃以一人之故，而使十二国之兵空去空来耶？荀偃大错。）

时栾鍼为下军戎右，独不肯归，谓范匄之子范鞅曰："今日之役，本为报秦，若无功而返，是益耻也。吾兄弟二人，并在军中，岂可一时皆返？子能与我同赴秦师乎？"范鞅曰："子以国耻为念，鞅敢不从！"乃各引本部驰入秦军。

却说秦景公引大将嬴詹及公子无地，帅车四百乘，离棫林五十里安营，正遣人探听晋兵进止。忽见东角尘头起处，一彪车马飞来，急使公子无地率军迎敌。栾鍼奋勇上前，范鞅助之，连刺杀甲将十余人。秦军披靡欲走，望其后军无继，复鸣鼓合兵围之。范鞅曰："秦兵势大，不可当也！"栾鍼不听。嬴詹大军又到，栾鍼复手杀数人，身中七箭，力尽而死。（蔡元放评：违令自专，死不足惜。）

范鞅脱申，乘单车疾驰得免。栾黡见范鞅独归，问曰："吾弟何在？"鞅曰："已没于秦军矣！"黡大怒，拔戈直刺范鞅。（蔡元放评：不咎己弟之违令轻战，而怪他人，可笑之甚。）

鞅不敢相抗，走入中军。黡随后赶到，鞅避去。其父范匄迎谓曰："贤婿何怒之甚也？"——黡妻栾祁，乃范匄之女，故以婿呼之。黡怒气勃勃，不能制，大声答曰："汝子诱吾弟同入秦师，吾弟战死，而汝子生还，是汝子杀吾弟也。汝必逐鞅，犹可恕，不然，我必杀鞅，以偿吾弟之命！"（蔡元放评：岂是对妻父语言声口？）

范匄曰："此事老夫不知也，今当逐之。"东海曰：栾鍼一意孤行，范鞅何尝"诱"之？范匄身为长辈——范鞅之父、栾黡之岳父——可以也应该听听儿子的自辩，查明事实，再作区处，怎么听风就是雨？

范鞅闻其语，遂从幕后出奔秦国。东海评：何不趁父亲在，站出来说明真相？大不了被父亲驱逐而已——栾黡已经表态，如果范匄必逐鞅，则"犹可恕"。即使要逃命，何必投奔敌国？——虽然秦晋很快就修好了,但在当时,仍为敌对国。

蔡元放的评论深得我意,录之于括号中。东海总评曰:荀偃与他部下的大小将军们,都属于没有学问而不识大体、不顾大局、不负责任、不讲道理者,正可谓"帅不帅,将不将"。荀偃出令荒唐,又因栾黡一人之故,而班三军之师,退诸侯之兵,直同儿戏;栾黡、栾鍼兄弟和范鞅都不把军令当回事,动不动擅自行动。即使是最好的士兵、最好的部队,落到这种元帅和将军手中,也打不好仗——好在这次晋秦没有打起来。

栾鍼勇于捐躯,不无可敬之处,但将军而不以军令为念,无组织、无纪律,就不配将军,暴虎冯河,死得毫无价值。其兄栾黡则完全是个莽夫,浑人草包,而且很恶棍——从他不问青红皂白地追杀内弟和恶狠狠地对岳父说话可知。不旋踵身死族灭,实属咎由自取。晋悼公并非昏君,但让栾黡这等人物任"下军之帅",未免失明。而荀偃作为总帅,明知下军元帅不服领导、不能合作,"素不服"自己,却不早为之计而听之任之,岂"疏忽"二字了得!

自古以来,富有儒学修养者,不领兵则罢,一旦领兵打仗,往往特别厉害,最根本的原因就在于德高智深、学问充实。反过来,缺乏儒学修养者,不论大是小事,不论出发点如何,都干不好,都很容易坏事、误事。古今多少家事、国事、天下事,都是败坏在文化匮乏者手中呀!

# 汉初政治论
## ——准儒家时代

### 一

汉初强调休养生息，朝廷盛行黄老学，颇有道家范，后世学者便以为是道家治国了，殊不知汉初儒学也颇为盛行，虽未明确意识形态主位，然在朝廷、官场和民间的影响，与黄老之学相比，俨然并驾齐驱。

皇帝祭孔，自刘邦始。《史记》记载："高皇帝过鲁，以太牢祠焉。诸侯卿相至，常先谒然后从政。"(《孔子世家》)《汉书》也说："汉十二年十一月，刘邦行自淮南还。过鲁，以大牢祠孔子。"

太牢，最高规格的祭礼。刘邦经过鲁地，要用牛羊猪三牲俱全的太牢祭祀孔子，不仅意味着刘邦对儒学的肯定，而且标志着官方对儒学地位的最高认同。从此，祭孔大典成为国之大典与祭天、祭黄并为"三大国祭"。陈普在《咏史上·汉高帝八首》诗中写道："莫把溺冠轻议论，要观过鲁太牢心。"

刘邦以太牢之礼祭孔后，各诸侯、卿大夫、宰相到任，常先拜谒孔子墓，然后才就职，处理政务。

刘邦对孔子和儒家的态度，也有一个循序渐进的过程。最早是轻蔑无礼，骂骂咧咧，尿撒儒冠。但兵临陈留时，受到郦生教训之后，态度有所改观。郦生跟随刘邦，屡建功勋，为刘邦统一天下做出了卓越贡献。

叔孙通儒服而见，也曾受到刘邦（当时还是汉王）厌恶。叔孙通于是改为短衣楚制，才让刘邦高兴。叔孙通降汉时，跟随的儒生弟子百余人，也都得不到重用，叔孙通也不推荐。刘邦称帝后，叔孙通建议："夫儒者难以进取，可与守成。臣愿征鲁诸生，与臣弟子共起朝仪。"

刘邦采纳了叔孙通建议和他所制定的朝仪，"乃拜叔孙通为太常，赐金五百斤"。叔孙通的诸多弟子也"悉以为郎"。后来刘邦又"徙叔孙通为太子太傅"，以儒学培养继承人。孝惠即位后，叔孙通又进一步制定了宗庙和其他各种仪法。

建国之初，陆贾常常在刘邦面前称赞儒经，刘邦就骂他："乃公居马上而得之，安事诗书！"陆贾说："居马上得之，宁可以马上治之乎？且汤武道取而以顺守之，文武并用，长久之术也。昔者吴王夫差智伯，极武而亡，秦任刑法不变，卒灭赵氏。乡使秦已并天下，行仁义，法先圣，陛下安得而有之？"

于是刘邦让陆贾总结历史经验，说明"秦所以失天下，吾所以得之"的原因。陆贾作书十二篇献上，每上一篇，高祖都称赞不已，号其书为《新语》。

陆贾在《新语》中举出尧舜之治,周公之政等历史经验,说明一切先圣明王都是以仁义治天下,取得赫赫政绩,又举出吴王夫差、智伯、秦代依靠暴力必然导致灭亡的历史教训。他说:

"秦以刑罚为巢,故有覆巢破卵之患;以李斯、赵高为杖,故有倾仆跌伤之祸。"(《新语·辅政》)

"秦始皇帝设刑罚为车裂之诛以敛奸邪,筑长城于戎境以备胡越,征大吞小,威震天下,将帅横行,以服外国。蒙恬讨乱于外,李斯治法于内。事愈烦天下愈乱,法愈滋而天下愈炽,兵马益设而敌人愈多。秦非不欲治也,然失之者,乃举措太众、刑罚太极故也。"(《新语·无为》)

要社会稳定,政权稳固,只有行仁义,法先圣,实行仁政王道:"尧以仁义为巢……故高而益安,动而益固。"因而他们"德配天地,光被八极,功垂于无穷"(《新语·辅政》),"有父子之亲,君臣之义,夫妇之道,长幼之序"(《新语·道基》)。

协助刘邦制定礼仪和官制的叔孙通、奉刘邦命作《新语》的陆贾都是当时大儒,意味着刘邦的治国主导思想和朝廷礼仪制度都姓儒,即制度架构和思想底色是儒家的;惠文二帝实行"孝治",更在行政实践和意识强化上奠定了基础。文帝立《孝经》博士,在位期间"专务以德化民,是以海内殷富,兴于礼义"(《史记》)。

张苍，先后担任过汉朝代相、赵相等官职，后又迁升为计相、主计，"领主郡国上计者"（《汉书·张苍列传》），汉文帝时，灌婴去世后，接任丞相一职，汉文帝后元元年，因政见不同自动引退。张苍曾校正《九章算术》，制定历法，主张废除肉刑。值得一提的是，张苍曾跟随荀子学儒，与李斯、韩非是同门，而贾谊是他的门生。

刘邦在汉十一年二月，下求贤诏：

"盖闻王者莫高于周文，伯者莫高于齐桓，皆待贤人而成名。今天下贤者智能岂特古之人乎？患在人主不交故也，士奚由进？今吾以天之灵，贤士大夫定有天下，以为一家，欲其长久，世世奉宗庙亡绝也。贤人已与我共平之矣，而不与吾共安利之，可乎？贤士大夫有肯从我游者，吾能尊显之。布告天下，使明知朕意，御史大夫昌下相国，相国酂侯下诸侯王，御史中执法下郡守，其有意称明德者，必身劝，为之驾，遣诣相国府，署行、义、年。有而弗言，觉，免。年老癃病，勿遣。"（《汉书·高帝纪》）

可见刘邦推崇王霸事业，以周文王为最高政治典范，齐桓公晋文公次之。其选贤标准，无疑以儒家为最高，其心目中的"贤士大夫"，首先是儒家道德君子，其次是尊崇仁义的管晏派、法家人才。

刘邦临终前"手敕太子书"，从中可见其态度转变的轨迹和对儒家的高度推崇。他说：

"吾遭乱世，当秦禁学，自喜，谓读书无益。洎践祚以来，时方省书，乃使人知作者之意，追思昔所行，多不是。尧舜不以天子与子而与他人，此非为不惜天下，但子不中立耳。人有好牛马尚惜，况天下耶？吾以尔是元子，早有立意。群臣咸称汝友四皓，吾所不能致，而为汝来，为可任大事也。今定汝为嗣。吾生不学书，但读书问字而遂知耳，以此故不大工，然亦足自辞解。今视汝书，犹不如吾。汝可勤学习，每上疏宜自书，勿使人也。"

刘邦集团高干中，儒学名家辈出，如郦生、陆贾、随何、叔孙通、娄敬、张苍等等。陈平、张良、萧何等，虽非儒家，也有一定的儒学修养。后来好儒的高官大臣就更多了，"婴、蚡俱好儒术，推毂赵绾为御史大夫"（《汉书·田蚡传》），兹不详论。

另外，汉初宗室和他们的亲信也有不少儒士。《汉书》《史记》等记载：

"楚元王交，字游，高祖同父少弟也。好书，多材艺。少时，尝与鲁穆生、白生、申公，俱受《诗》于浮丘伯。伯者，孙卿门人也。"

"元王既至楚，以穆生、白生、申公为中大夫。高后时，浮丘伯在长安，元王遣子郢客与申公俱卒业。文帝时，闻申公为《诗》最精，以为博士。元王好《诗》，诸子皆读《诗》。申公始为《诗》传，号《鲁诗》。元王亦次之《诗》传，号曰《元王诗》。"（《汉书·楚元王传》）

"梁怀王揖，文帝少子也，好诗书。"(《汉书·文三王传》)

"河间献王德，以孝景帝前二年，用皇子为河间王，好儒学，被服造次必于儒者。山东诸儒多从之游。"(《史记·五宗世家》)

"梁孝王令与诸生同舍。相如得与诸生游士居数岁。"(《史记·司马相如列传》)

另外，汉初儒学的民间势力和影响也很大。《汉书》记载："参尽召长老诸先生，问所以安集百姓，而齐故诸儒以百数，言人人殊。参未知所定。"曹参相齐国时，诸儒百数言治，可见当时儒生之众多，仅齐国就可以召集上百人。

《史记·刘敬叔孙通列传》记载：

"叔孙通使征鲁诸生三十余人。鲁有两生不肯行。曰：'公所事者且十主，皆面谀以得亲贵。今天下初定，死者未葬，伤者未起，又欲起礼乐。礼乐所由起，积德百年而后可兴也。吾不忍为公所为。公所为不合古，吾不行。公往矣，无污我！'叔孙通笑曰：'若真鄙儒也，不知时变。'"

叔孙通征鲁诸生三十余人，这些人必是鲁国儒生中著名而为叔孙通所知者，可见当时名家之多。

## 二

继陆贾之后的大儒是贾谊。

"贾生以为汉兴至孝文二十余年,天下和洽,而固当改正朔,易服色,法制度,定官名,兴礼乐。乃悉草具其事仪法,色尚黄,数用五,为官名悉更秦之法。孝文帝初即位,谦让未遑也。诸律令所更定,及列侯悉就国,其说皆自贾生发之。"(《史记·屈原贾生列传》)

贾谊在《过秦论》中进一步总结了秦亡的教训,并且在《新书·数宁》中对黄老政治提出了尖锐的批评。

当时,"汉兴七十余年之间,国家无事,非遇水旱之灾,民则人给家足,都鄙廪庾皆满,而府库余货财。京师之钱累巨万,贯朽而不可校,太仓之粟,陈陈如因充溢露积于外,至腐败不可食"(《史记·平准书》)。各种政治、社会矛盾开始暴露出来,并且越来越严重。贾谊指出三个重大的问题即:"匈奴强,侵边,天下初定,制度疏阔,诸侯僭拟,地过古制。"

秦朝违仁背义,造成的风俗败坏、宗法失序、法度松弛的问题,在黄老无为思想的影响下,愈演愈烈,社会矛盾大量产生和尖锐化,贾谊认为正是黄老无为思想,造成天下这种局面,他说:

"夫无动而可以振天下之败者,何等也?曰:为大治,可也;若为大乱,岂若其小。悲夫!俗至不敬也,至无等也,至冒其上也,进计者犹曰'无为',可为长大息者此也。"(贾谊《新书·孽产子》)

儒道两家的冲突随之进一步深化。汉景帝时发生在黄生和辕固生之间的一场唇枪舌战,颇具典型意义。《史记》记载:

清河王太傅辕固生者,齐人也。以治诗,孝景时为博士。与黄生争论景帝前。黄生曰:"汤武非受命,乃弑也。"辕固生曰:"不然。夫桀纣虐乱,天下之心皆归汤武,汤武与天下之心而诛桀纣,桀纣之民不为之使而归汤武,汤武不得已而立,非受命为何?"黄生曰:"冠虽敝,必加于首;履虽新,必关于足。何者,上下之分也。今桀纣虽失道,然君上也;汤武虽圣,臣下也。夫主有失行,臣下不能正言匡过以尊天子,反因过而诛之,代立践南面,非弑而何也?"辕固生曰:"必若所云,是高帝代秦即天子之位,非邪?"于是景帝曰:"食肉不食马肝,不为不知味;言学者无言汤武受命,不为愚。"遂罢。是后学者莫敢明受命放杀者。(《史记·儒林列传》)

有必要强调一下争论双方的文化立场。辕固生是齐国治《诗经》的大儒,黄生则是黄老学者,他认为上下有别,汤武革命,以臣诛君,大逆不道。辕固生的反驳极为有力:"照你所说,高祖诛暴秦建汉朝、即天子位,岂不成了乱臣贼子了吗?"

这场发生在儒道两家之间的争论，很显然是辕固生赢了。但是，这个问题太敏感了。景帝支持哪一方都不行，只好利用皇帝权威，急忙阻断。于此可见景帝的道德水平。如果是儒家圣王贤君，毫无疑问会支持辕固生，明确承认汤武革命的正义性。

辕固生是治《诗》的大专家，当时与伏生、胡毋生、董仲舒等大儒齐名。司马迁在《史记》中说："言《诗》，于鲁则申培公，于齐则辕固生，于燕则韩太傅；言《尚书》自济南伏生；言《礼》自鲁高堂生；言《易》自菑川田生；言《春秋》，于齐鲁自胡毋生，于赵自董仲舒。"辕固师徒繁衍，"诸齐人以《诗》显贵，皆固之弟子也"。

窦太后崇尚黄老，好读《老子》，招问辕固，辕固直言不讳地说："此家人言耳。"家人，指平民。颜师古："家人，犹言庶人也。"

窦太后听后大怒，命辕固与野猪搏斗。幸亏汉景帝暗中给了辕固一把利剑，辕固才杀死野猪，保全性命。窦太后也只好作罢。后来，辕固离京为清河太傅，不久辞职归乡，在家授学。

汉武帝即位后，向全国各地征召贤良。九十多岁高龄的辕固，以贤良身份到了都城长安，他告诫公孙弘（后官至丞相）说："公孙子，务正学以言，无曲学以阿世！"

## 三

汉武帝之前，汉朝儒化程度不高，但并没有脱离儒家文化和制度的整体框架；黄老之学虽然受到特别重视，但并未成为意识形态主角。所以，所谓汉初为黄老政治，是道家自我脸上贴金和浮浅学者以讹传讹。汉初实为儒道并重，而且道家之经、老庄之学的"政治地位"并未高于儒家。汉初政治应该定位为"准儒家政治"。

经过西汉前期七十多年的休养生息和经济建设，国家的经济实力得到恢复。政治上，在平定了吴楚七国的动乱后，诸侯王的力量进一步削弱。然而在指导思想上，却众口异声，"师异道，人异论，百家殊方，指意不同"（《汉书·董仲舒传》）。在这样的背景下，汉武帝独尊儒术，将政治指导思想明确地定为儒家。《汉书·武帝纪》说：

"汉承百王之弊，高祖拨乱反正，文、景务在养民，至于稽古礼文之事，犹多阙焉。孝武初立，卓然罢黜百家，表章六经。遂畴咨海内，举其俊茂，与之立功。兴太学，修郊祀，改正朔，定历数，协音律，作诗乐，建封禅，礼百神，绍周后，号令文章，焕焉可述。后嗣得遵洪业，而有三代之风。如武帝之雄才大略，不改文景之恭俭以济斯民，虽诗书所称，何有加焉！"

孝武就是汉武帝。汉朝包括东汉，除汉高帝和汉光武帝外，所有皇帝谥号前都有一个孝字。

另复须知，道家相当于儒家的支流。道家所宗《易经》本为儒家六经之一，且为经中之王。只是道家作为支流过于偏远了，偏离源头和主流太远了。

孔子编书断自尧始。儒文化是自尧以来中华文明的主要缔造者，是几乎所有王朝的政治指导思想和制度建设者。法家将"郡县制"扩于全国，然法家作为指导思想，唯秦一朝。周汉礼制建设最为辉煌，影响及于今。诸子百家无论影响多大，从无取代儒家主统地位者。

儒道两家，有异有同、有交集。在社会政治领域，黄老之学主张"是非有分，以法断之，虚静谨听，以法为符"，"省苛事，薄赋敛，毋夺民时"，"无为而治"等等，其实这些主张并没有脱出儒家的框架。重农抑商、轻徭薄赋、除秦苛法、约法省刑、与民休息等措施，本来就是儒家德治的特征。

有必要说明一下，所谓黄老政治，也是拉郎配。老子"不讲政治"，颇有无政府主义倾向；黄帝则"修德振兵，治五气，艺五种，抚万民，度四方"（《史记·五帝本纪》），与道家原则格格不入，完全属于儒家道统这个系列。只不过黄帝事迹传说居多，比较渺茫。儒家严谨，不像道家胆子那么大，论道统一般从尧舜起，不及黄帝。

"无为之治"更是儒家政治题中"应有之义"，舜当政的时候，一切沿袭尧制，以德化民，被称为"无为而治"。不过，这是儒家制度、法律框架之下的"无为"，与道家"效法自然""使民众无知无欲"的无为本质不同。

# 对夷狄也要讲信义

王夫之的《读通鉴论》，大多数议论很正确、精到，但也有不够"中正"之处，比如对阳明心学及佛道两家的批评就有些过火，对夷狄的态度更是过于偏激。其卷四说：

"楼兰王阳事汉而阴为匈奴间，傅介子奉诏以责而服罪。夷狄不知有耻，何惜于一服，未几而匈奴之使在其国矣。信其服而推诚以待之，必受其诈；疑其不服而兴大师以讨之，既劳师绝域以疲中国，且挟匈奴以相抗，兵挫于坚城之下，殆犹夫宋公之自衄于泓也。傅介子诱其主而斩之，以夺其魄，而寒匈奴之胆，讵不伟哉！故曰：夷狄者，歼之不为不仁，夺之不为不义，诱之不为不信。何也？信义者，人与人相于之道，非以施之非人者也。"

简单介绍一下"傅介子诱斩楼兰王"事件。楼兰国是西域三十六国之一，背靠匈奴，地处汉朝通往西域的交通要道。傅介子，西汉人，读张骞通西域事，叹曰："大丈夫当立功绝域，何能坐事散儒？"

元封二年（公元前109），赵破奴率军进攻车师、楼兰，副将王恢率精兵七百俘虏楼兰王。楼兰王归顺汉朝，又怕匈奴报复，遂分别送王子到汉匈为人质。征和元年，楼兰王病死，匈奴抢先送归楼兰王子继承王位。楼兰又倒向匈奴。元凤四年（公元前77），傅介子奉命向楼兰问责。楼兰王"谢服"。但傅介子认为，必须把楼兰王杀了才能震住西域，经霍光同意，带着金币去成功诱捕楼兰王，将他杀死。

对此，王夫之持称赞态度，司马光则针锋相对，他认为以欺诈的手段对付蛮夷，是只图一时之利而不见长远之弊。司马光说：

"王者之于戎狄，叛则讨之，服则舍之。今楼兰王既服其罪，又从而诛之，后有叛者，不可得而怀矣。必以为有罪而讨之，则宜陈师鞠旅，明致其罚。今乃遣使者诱以金币而杀之，后有奉使诸国者，复可信乎！且以大汉之强而为盗贼之谋于蛮夷，不亦可羞哉！论者或美介子以为奇功，过矣！"（《资治通鉴》）

我赞同司马光的意见。"王者临御四夷，当叛则威之，服则怀之，使信义之明皎如日月。"（司马光）傅介子代表国家施欺诈于远人，失大信于夷狄，不义，也不智。

"信义者，人与人相与之道，非以施之非人者也。"这一观点是违反儒家义理的。信义属于儒家五常道，是基本原则和普适价值，对任何人都必须讲——夷狄无论怎么野蛮"非人"不讲仁义，本质上仍属人类。我们不能以儒家的伦理道德来要求他们，但对他们同样要讲信义，如欧阳修所说："中国待夷狄，宜以信义为本。"

清末儒者郭嵩焘指出，古代帝王对待"夷狄"都是从不轻开战局，而首重信与义，以怀柔示之。他说："古人控御夷狄之大略，必由信义。"（《陶凤楼藏名贤手礼》）"尝论中国之控御夷狄，太上以德，其次以略，其次以威，其次以恩，而信与义贯乎四者之中而不能外。"（《郭嵩焘诗文集》）

子曰："言忠信，行笃敬，虽蛮貊之邦行矣。言不忠信，行不笃敬，虽州里行乎哉？"孔子强调，任何时候都要忠信笃敬。到了蛮貊之邦、遇到夷狄之人同样要讲信义（只有夷狄才背信弃义），这是道德的必然要求和儒家的一贯主张，有大量经典为证。例如：

《易经》："信及豚鱼。"

子曰："人而无信，不知其可也。大车无輗，小车无軏，其何以行之哉？"

子曰："为政以德，譬如北辰，居其所，而众星拱之。"

子曰："仁者爱人！子曰：君子无终食之间违仁，造次必于是，颠沛必于是。"

《中庸》曰："天命之谓性，率性之谓道，修道之谓教。道也者，不可须臾离也，可离非道也。"

《礼记》曰："大道之行也，天下为公。"

《孟子》曰："得道者多助，失道者寡助。寡助之至，亲戚畔之；

多助之至，天下顺之。"

以上德呀、仁呀、道呀，都涵盖信义，都离不开信义。

王夫之由于亲身经过了明末天崩地裂的残酷现实，充满故国之痛，"夷狄者，歼之不为不仁，夺之不为不义，诱之不为不信"，这一有激而发的观点有失正常，我们应该予以理解，但不能"无条件"接受。因为这种观点毕竟违背了孔夫子的教导和五常道的精神。

王夫之之言必须有前提和条件，不能施于和平年代和非军事行动，也不能在夷狄已经服罪的情况下，歼之、夺之、诱之，更不能胡乱引申，把一般异族异国的人民视为夷狄。华夷之辨，辨的不是血统和种族，而是文明与野蛮、仁义与邪恶、信义与反信义。

以诚相待不是任人欺诈而不防范，有信有义还须有智慧有武备，"询访智略，察验武勇，以选将帅。申明阶级，翦戮桀黠，以立军法。料简骁锐，罢去羸老，以练士卒。完整犀利，变更苦窳，以精器械"。（司马光）做到信威并用。"服则怀之以德，叛则震之以威"，夷狄有罪则明致其罚。至于在战争状态（义战）下和军事行动中歼敌、诱敌，那是权道，不属于背弃信义。

另外，有一句名言叫"犯我强汉者，虽远必诛"，很为某些人津津乐道，其实此言也是很不儒家的。如果是武力来犯之敌，当然要奋起战斗，格杀勿论，对于一般的冒犯，过度报复尚且不许，岂能动不动就大开杀戒？古今中外的邪恶政权，也未必这么霸道疯狂吧？子曰："远人不服，则修文德以来之。"这才是中华之正道、王道啊。

司马光在《通鉴》中还对"唐太宗悔薛延陀之婚"一事发表了评论。

唐太宗原本决定与薛延陀和亲，后来借故取消婚约。对此褚遂良等朝臣都表示反对，认为既然答应了薛延陀的求婚，又接受了他的聘礼，就不应该失信于人，以免招致不必要的边患。

唐太宗解释说，这是知古而不知今。汉初匈奴强而中国弱，和亲是权宜之计，现在中国强戎狄弱，薛延陀卑辞求婚，是要借中国之势以自立，中国绝其婚，就表示不再支持它，它将很快被同罗、回纥等部族瓜分。从功利层面看，唐太宗的分析得很有道理，司马光却大不以为然，认为唐太宗对待戎狄"恃强弃信"是大错。他评论道：

"孔子称去食、去兵，不可去信。唐太宗审知薛延陀不可妻，则初勿许其婚可也。既许之矣，乃复恃强弃信而绝之，虽灭薛延陀，犹可羞也。王者发言出令，可不慎哉！"（《资治通鉴》）

这与前面对"傅介子诱斩楼兰王"的批判异曲同工，都是强调对待夷狄也要讲信义。

# 死还是不死，是一个问题

儒者当然不应该帮无道政权的凶和闲，拒绝是必需的！但怎样拒绝却有讲究，宁死不屈，不一定非死不可。死是可敬的，但多数时候，不一定是最好的选择。

李业、王皓、王嘉的死就很不可取。

王莽末年，天下纷扰，群雄竞起。公孙述僭号于蜀，自称白帝，摆出一副礼贤下士的样子，到处征聘名儒。如果多次聘而不就，就会恼羞成怒，赏以毒酒，可谓欣赏与猜忌齐飞，聘书和毒酒共发。李业、王皓、王嘉等人不肯应征，仰毒而死。这种征聘带有强制性，缺乏真正的尊重，所以说公孙述礼贤下士，仅仅是摆出来的"样子"。对此，王夫之评论道：

"公孙述之廷不可仕也；虽然，述非王莽比矣，不得已而姑与周旋以待时，不亦可乎？李业、王皓、王嘉遽以死殉之，过矣。述之初据蜀也，犹未称帝，威亦未淫也；察其割据之雄心，虑相污陷，夫岂无自全之术哉？乃因循于田里家室之中，事至而无余地，居危乱之邦，无道以远害，畏溺而先自投于渊，介于石而见几者若此乎？

谯玄荐贿以免，则尤可丑矣。处乱世而多财，辱人贱行以祈生，殆所谓负且乘致寇至者与！哀平之季，廉耻道丧，一变而激为吊诡，蜀人尤甚焉。匹夫匹妇之谅，恶足与龚胜絜其孤芳哉！"（《读通鉴论》）

王夫之认为，公孙述的小朝廷当然不能为官，但是，公孙述毕竟不是王莽，迫不得已的时候，姑且略予周旋，也是可以的，以死为之陪葬，过了。特别是公孙述还没有称帝的时候，"威风"有限，如果儒者发现他割据一方的野心，担心他弄脏了自己，应该不难找到自保的办法，李业、王皓、王嘉等人却因循度日，没有远害全身之计，聘书到来则一死了之，太不见机了，与"自经于沟渎"的匹夫匹妇没有太大区别。

王夫之认为"龚胜之死"才是"死得其所"。龚胜，少好学，通五经。哀帝时为谏议大夫，屡次上书抨击刑罚严酷、赋敛苛重。迁丞相司直，徙光禄大夫。不满哀帝宠幸董贤，出为渤海太守，托病辞官，后又被征为光禄大夫。王莽秉政时，归老乡里。王莽代汉后被强征为太子师友、祭酒，拒不受命，对门人高晖等说："吾受汉厚恩，无以报，今年老矣，旦暮入地，岂以一身事二姓哉！"绝食十四日而死。

同样是拒聘而死，为什么王夫之厚此薄彼呢？因为所处的环境、面对的对象不同。龚胜面对的是恶贯满盈的王莽，又无处可逃——因为当时天下都是王莽的，一旦使者上门，就非死不可。而李业们如果见机,有的是机会早早走人,远离四川这个"危乱之邦",即使不走,也不妨"姑与周旋以待时"。公孙述这个地方割据者虽然不怎么样,却"非王莽比"。

顺及,站在汉朝刘氏和家天下的传统立场上,王莽无疑完全负面,十全大恶。跳出这一立场看,王莽固然德智仍缺,不失为一个理想主义者——儒家怀抱理想又尊重现实,不赞成单方面把理想"主义"起来,那是智不足的表现,倘付诸实践,必有害于德,如果表现虚伪或手段不良,就更坏了。

对于公孙述,王夫之否定之中不乏某种肯定,认为他"存礼乐于残缺,备法物以昭等威",功不可没。王夫之说:

"道非直器也,而非器则道无所丽以行。故能守先王之道者,君子所效法而师焉者也;能守道之器者,君子所登进而资焉者也。王莽之乱,法物凋丧,公孙述宾宾然亟修之。其平也,益州传送其瞽师、乐器、葆车、舆辇,汉廷始复西京之盛。于此言之,述未可尽贬也。

述之起也非乱贼,其于汉也,抑非若隗嚣之已北面而又叛也。于一隅之地,存礼乐于残缺,备法物以昭等威,李业、费贻、王皓、王嘉,何为视若戎狄乱贼而拒以死邪?自述而言,无定天下之略,无安天下之功,饰其器,悯其道,徇其末,忘其本,坐以待亡,则诚愚矣。自天下而言,群竞于智名勇功,几与负爪戴角者同其竞噬,则述存什一于千百,俾后王有所考而资以成一代之治理,不可谓无

功焉。马援，倜傥之士也，斥述为井蛙，后世因援之鄙述，而几令与孟知祥、王建齿，不亦诬乎？"（《读通鉴论》）

大儒谯玄也是一而再、再而三拒公孙述之聘，宁受毒药。他的儿子谯瑛，泣血叩求于巴郡太守，愿捐钱千万以赎父死。太守代为相请，遂免死。或觉得"化钱逃官"不失为一个不是办法的办法，不料王夫之对谯玄的评价比李业、王皓、王嘉等人更低，认为"处乱世而多财"，诲盗诲淫，大不智，以贿求免，尤可丑——后一句批评似乎略嫌苛刻。

# 百万大军一笑摧

## ——昆阳之战

历史上以少胜多的战例不少,典型的有"周瑜以三万败曹操八十万""谢玄以八千败苻坚百万""刘秀以三千败王寻王邑百万"等等,其中又以"刘秀昆阳一战"最为惊险艰危、惊心动魄。下面是范晔《后汉书·光武帝纪》中关于此战的三段描述:

一、一笑挽狂澜:"诸将见寻、邑兵盛,反走,驰入昆阳,皆惶怖,忧念妻孥,欲散归诸城。光武议曰:'今兵谷既少,而外寇强大,并力御之,功庶可立;如欲分散,势无俱全。且宛城未拔,不能相救,昆阳即破,一日之间,诸部亦灭矣。今不同心胆共举功名,反欲守妻子财物邪?'诸将怒曰:'刘将军何敢如是!'光武笑而起。会候骑还,言大兵且至城北,军陈数百里,不见其后。诸将遽相谓曰:'更请刘将军计之。'光武复为图画成败。诸将忧迫,皆曰'诺'。"

二、十三英雄骑:"时城中唯有八九千人,光武乃使成国上公王凤、廷尉大将军王常留守,夜自与骠骑大将军宗佻、五威将军李轶等十三骑,出城南门,于外收兵。时莽军到城下者且十万,光武几不得出。既至郾、定陵，悉发诸营兵，而诸将贪惜财货，欲分留守之。光武曰：'今若破敌，珍珤万倍，大功可成；如为所败，首领无余，何财物之有！'众乃从。"

三、大敌显大勇："六月己卯，光武遂与营部俱进，自将步骑千余，前去大军四五里而陈。寻、邑亦遣兵数千合战。光武奔之，斩首数十级。诸部喜曰：刘将军平生见小敌怯，今见大敌勇，甚可怪也，且复居前。请助将军！"

当时，王莽指派大司空王邑和司徒王寻赴洛阳，征集各郡精兵，广招天下能人，总数达百万。当王莽军逼近昆阳之时，昆阳城中的更始军仅有"草莽乌合"八九千人，各将领充满恐惧，主张散归各城，都反对刘秀"并力御之"的建议，并且恼羞成怒。刘秀的回应是"笑而起"（袁宏《后汉纪·光武皇帝纪》作"世祖乃笑而去"）对此，王船山如是评价和分析：

"昆阳之战，光武威震天下，王业之兴肇此矣。王邑、王寻之师，号称百万，以临瓦合之汉兵，存亡生死之界也。诸将欲散归诸城，光武决迎敌之志，诸将不从，临敌而挠，倾覆随之。光武心喻其吉凶，而难以晓譬于群劣，则固慨慷以争、痛哭以求必听之时也。乃微笑而起，俟其请而弗迫与之言，万一诸将不再问而遽焉骇散，能弗与之俱糜烂乎？呜呼！此大有为者所以异于一往之气矜者也。

寻、邑之众，且压其项背，诸将欲散而弗及，光武知之矣。知其欲散而弗及,而又迫与之争,以引其喧嚣之口,相长而益馁其气,则不争而得,争之而必不得者也。而且不仅然也。藉令敌兵不即压境以相迫,诸将惊溃而敌躡之,王邑无谋,严尤不决,兵虽众而无纪,外盛而中枵,则诸将溃败之余,敌兵骄懈,我乃从中起以乘之,夫岂无术以处此?而特不如今此之易耳。诸将自亡,而光武固不可亡,项梁死而高帝自兴,其明验已。一笑之下,绰有余地,而何暇与碌碌者争短长邪?

而尤不仅然也。得失者,人也;存亡者,天也;业以其身任汉室之兴废,则寻、邑果可以长驱,诸将无能以再振,事之成败,身之生死,委之于天,而非人之所能强。苟无其存其亡一笑而听诸时会之量,则情先靡于躯命,虽慷慨痛哭与诸将竞,亦居然一诸将之情也。以偶然亿中之一策,怀愤而求逞,尤取败之道,而何愈于诸将之纷纭乎?"(《读通鉴论》)

王夫之所言很到位。诸将本来瞧不起刘秀,当时无论刘秀是据理力争,或"痛哭以求",还是以怒对怒,都无济于事,只会更加坏事,一哄而散也是情理中事。这不是讲道理或讲感情的时候,甚至也不是讲谋略的时候。除了"笑而起"或"笑而去",没有更好的办法了。

大险大难当头之际,这一笑,体现了刘秀何等的大勇大智,不仅大将风范,而且颇有大人风范。(大人,圣人而有位者。)刘秀虽未抵达圣境,论德智水平和儒学修养,在历代帝王中位列前茅,一生中不少表现可圈可点。

当刘秀"笑而起"的时候，正好侦察兵来报告："王莽大部队快到城北了，蜿蜒数百里。"诸将面面相觑，拿不定主意，回过头来请刘秀"计之"（好险）。刘秀知道他们深怀恐惧，自带步骑千余，前去大军四五里列阵。

王寻、王邑听说汉军来了一千人，根本没放在眼里，只派了几千人应战。刘秀一马当先，来回奔驰，斩首级数十。刘秀的威猛厉害，更加衬托出莽军的无能，一下就把汉军士气鼓舞起来了。诸将率汉军奋起冲锋，连着打了几个胜仗。

汉军士气大振，纷纷请战。刘秀选出三千人组成敢死队，冲向莽军中坚。王寻见汉军人数不多，依然托大，命令诸营按兵不动，独带万人应战。不料一万大军很快又被刘秀率领的敢死队冲垮了，王寻也被汉军乘胜杀死。接着，莽军全线崩溃，死伤狼藉，唯王邑、严尤等率数千人狼狈逃脱……

# 失言的后果

子曰:"可与言而不与之言,失人;不可与言而与之言,失言。知者不失人,亦不失言。"与不值得交谈交流的人谈话,是失言。为了节省时间精力,为了自重自尊,更为了重道,某些时候,儒者有必要略减"诲人不倦"的热情,"非其人则弗与之言"。

失言的后果,一般也就是"言之而不信,反为人讥"而已,但不可一概而论,如果面对的是暴君,"不可与言而与之言",即使是善意的,甚至是忠心耿耿的表现,也有可能招来杀身之祸。历史上因失言而丧生者甚多,崔琦和孙鹤是两个典型的例子。

崔琦是东汉涿郡安平(今属河北省)人,博学多才,以文章知名,得到了外戚权臣梁冀"礼贤下士"的赏识。崔琦见梁冀多行不义,屡次"引古今成败以戒之",梁冀不听,崔琦便作《外戚箴》和《白鹄赋》讥劝讽谏。梁冀大怒,将崔琦遣送回乡,后来又派刺客把他杀了。对此,王夫之评论道:

"子曰:'不可与言而与言,失言。'谓夫疑可与言而固不可者也。故其咎也,失言而已,未足以灾及其身。若夫虎方哐而持其爪,蛇方螯而禁其齿,非至愚者不为。然而崔琦献箴干梁冀之怒,乃曰:将军欲使马鹿易形乎?其自贻死也,更谁咎哉!

夫冀仰不知有天,上不知有君,旁不知有四海之人,内不知有己,弑君专杀,鸢肩虎视而亡赖,是可箴也,是虎可持之无唾、蛇可禁之无螫也。琦果有忠愤之心,暴扬于庭,而与之俱碎,汉廷犹有人焉。而以责备贤者之微词,施之狂狡,何为者也!冀之为冀,如此而已矣。藉其为王莽与,则延琦而进之,与温言而诱使忠己,琦且为扬雄、刘歆,身全而陷恶益深矣。故若冀辈者,弗能诛之,望望然而去之可尔。以身殉言,而无益于救,且不足以为忠直也,则谓之至愚也奚辞?"(《读通鉴论》)

王夫之认为,对于梁冀这种不齿于人类的狂狡之徒,有能力就干掉他,没有能力就应该冷眼旁观,远远走开去,崔琦却像"责备贤者"一样去责备他,等于"虎方唾而持其爪,蛇方螫而禁其齿",自己找死,愚蠢透顶。

关于孙鹤,先有必要介绍一下刘守光。刘守光,深州(今河北深州)人,为卢龙节度使刘仁恭之子。刘守光曾因与刘仁恭的爱妾罗氏通奸,被刘仁恭棍打后,断绝父子关系。后来刘守光得到一个机会,派兵攻打,擒拿了刘仁恭,将其囚禁,又擒杀其兄义昌节度使刘守文。公元911年,刘守光不顾众将臣的反对,登极称帝,国号大燕,改元应天。

刘守光因父杀兄杀侄,并使沧州人相食,完全是头禽兽,虽然强行称帝,实在太不得人心,两年即亡。孙鹤原来是刘守文的部下,刘守文被擒杀后,为刘守光所用。据《旧五代史·刘守光传》介绍:守光欲称帝,"置斧锧于廷,令将佐曰:'今三方协赞,予难重违,择日而帝矣。从我者赏,横议者诛。'孙鹤对曰:'沧州破败,仆乃罪人。大王宽容,乃至今日。不敢阿旨,以误国家。苟听臣言,死且无悔。'守光大怒,推之伏锧,令军士割其肉生啖之。鹤大呼曰:'百日之外,必有急兵矣。'守光命室其口,寸斩之"。

对此,王夫之也有精彩评论:

"不仁者不可与言,非徒谓其无益也,言之无益,国亡家败,而吾之辩说自伸于天下后世,虽弗能救,祸亦不因我而烈,则君子固有不忍缄默者。而不仁者不但然也,心之至不仁也,如膏之沸于镬也,喷之以水,而焰乃益腾。唯天下之至愚者,闻古人敢谏之风,挟在己偶然之得,起而强与之争,试身于沸镬,焚及其躬,而焰延于室,则亦可哀也已。若孙鹤之谏刘守光是已。守光囚父杀兄,据弹丸之地,而欲折李存勖,南面称帝,与朱温争长,不仁而至此极也,尚可与言哉?孙鹤怀小惠而犯其必斩之令,屡进危言,寸斩而死,鹤斩而守光之改元受册也愈坚,鹤之愚实酿之矣。

罗隐之谏钱镠,镠虽不从,而益重隐,惟其为镠也;冯涓之谏王建,建虽不从,而涓可引去,惟其为建也。镠与建犹可与言,言之无益,而二子之义自伸,镠与建犹足以保疆土而贻子孙,夫亦视其心之仁尚有存焉者否耳。至不仁者,置之不论之科,尚怀疑畏;触其怒张之气,必至横流戈矛,乘一旦之可施,死亡在眉睫而不恤。是以箕子佯狂,伯夷远避,不欲自我而益纣之恶也。况鹤与守光无君臣之大义,而以腰领试暴人之白刃乎?

且夫罗隐、冯涓之说,以义言之也;鹤之说,以势言之也。以义言,言虽不听,而义不可屈,且生其内愧之心;以势言,则彼暴人者,方与天下争势,而折之曰汝不如也,则暴人益愤矣。匹夫搏拳相控,告以不敌,而必忘其死。守光有土可据,有兵可恃,旦为天子而夕死,鹤恶能谅以不能哉?鹤,小人也,不知义而偷安以侥幸之智也,徒杀其身,激守光而族灭之,与不仁者相昵,投以肺肠,则亦不仁而已矣。故曰'不仁者不可与言'。戒君子之夙远之,以勿助其恶也。"(《读通鉴论》)

王夫之对崔琦和孙鹤两位评价都很低。崔琦"以责备贤者之微词施之狂狡",很愚蠢;孙鹤则不仅愚蠢,且品质恶劣,为刘守光这种禽兽作爪牙,可谓死有余辜。

"与不仁者相昵,投以肺肠,则亦不仁而已矣。"此言值得深长思。与"不仁者"推心置腹亲昵尽忠,为暴君暴政帮忙帮闲,本身就是"不仁",就是恶。

# 为酷吏辩小诬

"酷吏"一词,始自司马迁的《史记·酷吏列传》,他在传中介绍了当时十个著名酷吏。现代人一提及酷吏,无不厌恶痛恨,连老百姓都咬牙切齿,多数知识分子则会想起《老残游记》中所描写的玉贤与刚弼两位酷吏形象:盛气凌人、不近人情、办案粗糙、自以为是、喜欢严刑逼供等等。

其实,对古代酷吏的这种认识很不全面。特别是对汉代酷吏,从另一个角落观察,某些人简直可以作为当今执法人员的学习典范。

汉时所谓的酷吏有两大共同特点。

一是不谋私利、高度廉洁。郅都"公廉,不发私书,问遗无所受,请寄无所听。常自称曰:'已倍亲而仕,身固当奉职死节官下,终不顾妻子矣。'"。他威震匈奴,极有边才,拜雁门太守后,"匈奴素闻郅都节,居边,一为引兵去,竟郅都死,不近雁门。匈奴至为偶人象郅都,令骑驰射莫能中,见惮如此"。

张汤一生权势极盛,但他死后,家产所值不超过五百金,都是得于皇上赏赐。其属官尹齐,死后家产所值不过五十金;董宣死的时候,"唯见布被覆尸,妻子对哭,有大麦数斛、敝车一乘";赵禹家无食客，为了断绝官场应酬，别的高官造访他都不依礼回访。

二是不畏豪强、执法从严。郅都"行法不避贵戚，列侯宗室见，都侧目而视，号曰'苍鹰'"。济南有个三百余家的豪族，横行不法，无人能制。郅都一到，立将首恶抓来杀掉；义纵依法处理皇太后外孙，得罪皇太后而不顾，令皇帝刮目；周阳由当地方官，一意除灭当地豪强，而且桀骜不驯、盛气凌官，对同列和上司都不买账。

董宣令洛阳时，光武帝刘秀的姐姐湖阳公主，纵奴杀人。董宣在路上拦住公主的车驾，强行将凶手格杀。公主向弟弟投诉，皇帝大事化小，要董宣道个歉，董宣宁死不从。此事震动京师，董宣因此被称为"强项令"和"卧虎"，洛阳由此大治。

江充不畏诸侯权贵，敢于出首举劾赵王种种不法事，得到武帝赏识、信任和重用，委他负责京师治安。在任上，江充对亲王贵戚及其子弟严加劾察，经常硬碰硬。如，将武帝之姑馆陶长公主的车骑"尽劾没入官"，惩办太子的家使，太子亲自出面说情也无用。

另外，汉时酷吏们都精于律法，极有才干，有些还参与了汉代法令的修订和编纂工作。如张汤、赵禹等，主要承担和组织了汉武帝时的立法工作。汉朝各种文物、典章、刑政、礼乐制度，为有史以来最为完备，并多为后世王朝所袭用，他们功不可没。

还有，他们"以经术缘饰吏事"，以"经义决狱""春秋决狱"。所谓"经义决狱""春秋决狱"，就是在审判案件时，如果法无明文规定，就以儒家经义和《春秋》义理作为定罪量刑的依据。这固然难免"诛心""擅断"之弊，却也不像今人所理解的全是坏事。

儒家以仁为核心，儒者官吏在司法实践中，对犯罪嫌疑人往往从轻发落。酷吏虽与一般循吏不同（循吏重礼，酷吏重法），但他们的酷主要是针对诸侯、贵族、豪强、富商大贾，多数酷吏对于下属和贫民并不酷。如张汤、赵禹"其治尚宽"，常在武帝面前，替犯罪的贫民讲情。其他一些酷吏也有"遇强而酷，遇弱而仁"的情况。当然，酷吏政治有利有弊，酷吏行为有好有坏，酷吏与酷吏也不相同，乱施刑法、滥杀无辜，乃至巴结权贵者在所难免，兹不详论。

多数酷吏不计个人得失，对一切不服从法律的人们，特别是皇亲贵戚和豪门，都敢施以重刑，严重得罪权贵阶层，自然要遭到恶报，少有善终者。如郅都得罪了藩王，被太后严命皇帝斩首；"虎冠之吏"王温舒因人告发，被诛灭五族；张汤受诬告被迫自杀。侯封、周阳由、义纵、减宣、江充等也都死于非命。酷吏因刑杀过滥而被免官者，更是不胜枚举。

但是，他们酷酷地"牺牲了自己"，却局部地照亮了历史。汉朝的法制建设和文明繁盛，有他们的一份功劳。自汉以后，官员们越来越"聪明"了，像汉时那样一味傻气蛮干、不知明哲保身的酷吏越来越少，应运而生的是另一类的真正的酷吏，他们诬陷忠良、残害百姓、媚于强势，"酷"对弱者，"对强者是羊，对弱者是狼"（鲁迅语）。所以，世人痛恨的酷吏，已非司马迁笔下原初意义上的酷吏了。

《北史·列传第七十五·酷吏》开头一段对两类酷吏的性质之

异有所发现，指出：由于秦政暴虐，狱吏权重，汉朝成立之后，革其弊端，济之以宽；但矫枉过正，法制过于宽纵了，以致大奸巨猾的不法豪强，猖獗悖乱。汉武帝时，官吏执法由"循"转向"酷"，郅都、宁成等人应时而出，"猛气奋发，摧拉凶邪，一切以救时弊"，虽然有违儒家最高义理，却自有可取之处。

而后世如《北史》中写到的酷吏就不一样了，他们"或因余绪，或以微功，遭遇时来，忝窃高位。肆其褊性，多行无礼，君子小人，咸罹其毒。凡所莅职，莫不憯然。居其下者，视之如蛇虺；过其境者，逃之如寇仇。与人之恩，心非好善；加人之罪，事非疾恶。其所笞辱，多在无辜。察其所为，豺狼之不若也"。即使也有"禁奸除猾"的行为，其性质与郅都、宁成等人仍是不同的。

至于唐武则天时的来俊臣、周兴等一批"酷吏"，是武则天为了对付和消灭政敌而聘用无赖小人充当的监察官。当李唐宗室与勋臣们被杀得差不多后，武则天亦逐步以各类名义将之诛杀。所以，这批人虽然入了《旧唐书·酷吏》，其实他们的性质应为特务。明朝特务机构东西厂的酷吏也是一样，监控、迫害的对象主要是文武大臣。他们的"酷"，主要体现在特权阶级内部斗争中，较少针对弱势民众。

儒家倡导德治。孔子说过："导之以政，齐之以刑，民免而无耻；导之以德，齐之以礼，有耻且格。"但是，德治的教化，不是一蹴而就的，儒家并非"唯德治论"者，而是认为"德治"有赖于"法治"为辅助、为基础。随着民众道德水准的普遍提高之后，刑法分量逐步由重而轻，德治比例逐渐由轻而重，到了太平大同之世，人人都成士君子，才可纯任德治。

尽管"法令者治之具，而非制治清浊之源也"（司马迁），但在居乱世和居乱世向升平世转型的"奸伪萌起"的历史阶段，法律这个"治之具"不可或缺，执法不可不严。也就是说，在"道之以德，齐之以礼"之前，需要一个"道之以政，齐之以刑"的缓冲阶段。在这个阶段，像汉时那样原初意义上的酷吏自有其存在的重要意义。

所以，司马迁对酷吏及其严刑峻法既有否定又有肯定，既有批评又予以相当的赞扬。《史记·酷吏列传》开头就有保留地肯定酷吏的价值和贡献曰："昔天下之网尝密矣，然奸伪萌起，其极也，上下相遁，至于不振。当是之时，吏治若救火扬沸，非武健严酷，恶能胜其任而愉快乎！言道德者，溺其职矣。"他又在《太史公自序》中说："民倍本多巧，奸轨弄法，善人不能化，唯一切严削为能齐之，作《酷吏列传》第六十二。"从现实的角度看，酷吏乃"齐之以刑"的保证。

《汉书》对酷吏的评论亦甚公允，曰"上替下陵，奸轨不胜，猛政横作，刑罚用兴。曾是强圉，掊克为雄，报虐以威，殃亦凶终"。又曰"自郅都以下皆以酷烈为声，然都抗直，引是非，争大体。张汤以知阿邑人主，与俱上下，时辩当否，国家赖其便"云云。

# 为宇文泰与苏绰辩诬

## ——西魏的强盛靠什么？

宇文泰，字黑獭，鲜卑族，西魏王朝的实际建立者和权臣，也是北周政权的奠基者。西魏禅周后，追尊为文王，庙号太祖。苏绰是北周重臣，被宇文泰视为"王佐之才"。朱熹在谈论夫妇之道时曾提及："昔宇文泰遗苏绰书曰：吾平生所为，盖有妻子所不能知者，公尽知之。"（《朱子语类》）可见两人相知之深。

但各种媒体上广泛流传的宇文泰与苏绰"用贪官与反贪官"的对话则是以讹传讹，伪造的。所流传对话题目或作《苏绰具官论》或《苏绰论用官》，大意是"用贪官可以建死党，反贪官可以除异己，杀贪官可以得民心，没收贪官可以充实国库"云云，并说此段对话出自《北史·卷六三·苏绰传》。

查《北史·列传六十三》，是赵猛和元寿等十四个人物的合传，其中并无苏绰，《北史·列传五十一》有苏绰传，当然也没有这段对话。《周书·苏绰传》倒是记载两人谈论通宵，并未记载具体对话内容。原文如下：

"属太祖与公卿往昆明池观鱼，行至城西汉故仓地，顾问左右，莫有知者。或曰：'苏绰博物多通，请问之。'太祖乃召绰。具以状对，太祖大悦。因问天地造化之始，历代兴亡之迹。绰既有口辩，应对如流。太祖益喜，乃与绰并马徐行。至池，竟不设网罟而还。遂留绰至夜，问以治道。太祖卧而听之。绰于是指陈帝王之道，兼述申韩之要。太祖乃起，整衣危坐。不觉膝之前席，语遂达曙不厌。"

"指陈帝王之道，兼述申韩之要。"便是苏绰谈话的内容，主要以帝王之道为主，同时介绍了法家学派的要点。帝王之道即王道政治（帝道也属于王道范畴），强调为政以德，《尚书·洪范》如是描述："无偏无陂，遵王之义；无有作好，遵王之道；无有作恶，遵王之路。无偏无党，王道荡荡；无党无偏，王道平平；无反无侧，王道正直。"

下段提到"大统三年"，那时宇文泰约三十岁左右，皇帝是元宝炬而非宇文泰。伪对话中宇文泰自称"寡人"，荒谬之至。史载苏绰素性俭朴，不置产业，家无余财。遇有贤才，竭力举荐，皆至高官。依苏绰的文化素养和生平表现，也完全不可能说出伪对话中的那番话来。况伪对话言辞粗劣，一看就是现代人假冒的。

大统七年九月，宇文泰颁行了苏绰草拟的《六条诏书》，曰："治心身、敦教化、尽地利、擢贤良、恤狱讼、均赋役"，包括了修身养性、道德教化、生产富民、人才选拔、法律公正、税役分配等六个方面。《六条诏书》条条与伪对话相悖，充满儒家精神，富有现实意义，特录其一共赏。

其一，先治，曰心：

"凡今之方伯守令，皆受命天朝，出临下国，论其尊贵，并古之诸侯也。是以前世帝王，每称共治天下者，唯良宰守耳。明知百僚卿尹，虽各有所司，然其治民之本，莫若宰守之最重也。凡治民之体，先当治心。心者，一身之主，百行之本。心不清净，则思虑妄生。思虑妄生，则见理不明。见理不明，则是非谬乱。是非谬乱，则一身不能自治，安能治民也！是以治民之要，在清心而已。夫所谓清心者，非不贪货财之谓也，乃欲使心气清和，志意端静。心和志静，则邪僻之虑，无因而作。邪僻不作，则凡所思念，无不皆得至公之理。率至公之理以临其民，则彼下民孰不从化。是以称治民之本，先在治心。

其次又在治身。凡人君之身者，乃百姓之表，一国之的也。表不正，不可求直影；的不明，不可责射中。今君身不能自治，而望治百姓，是犹曲表而求直影也；君行不能自修，而欲百姓修行者，是犹无的而责射中也。故为人君者，必心如清水，形如白玉。躬行仁义，躬行孝悌，躬行忠信，躬行礼让，躬行廉平，躬行俭约，然后继之以无倦，加之以明察。行此八者，以训其民。是以其人畏而爱之，则而象之，不待家教日见而自兴行矣。"

这一条是"正君心"和"正官心"，最高领导和各地长官要自治其心，做到心和志静，"率至公之理以临其民"，同时亲自实践仁义、孝悌、忠信、礼让、廉平、俭约等等美德，还要继之以无倦、兢兢业业；加之以明察，不被欺蒙，没有冤情。

其二敦教化，强调了教化的必要性和可行性。第一句指出"天地之性，唯人为贵"。"天地之性，人为贵"出自《孝经》，体现了儒家的人本精神，也是教化之所以可能和必需的哲学依据。接着提出教化的内容：

"夫化者，贵能扇之以淳风，浸之以太和，被之以道德，示之以朴素。使百姓亹亹，中迁于善，邪伪之心，嗜欲之性，潜以消化，而不知其所以然，此之谓化也。然后教之以孝悌，使民慈爱；教之以仁顺，使民和睦；教之以礼义，使民敬让。慈爱则不遗其亲，和睦则无怨于人，敬让则不竞于物。三者既备，则王道成矣。此之谓教也。"

以上两条充分体现了德治的精神，牢牢抓住了政治的纲要。即使现在读来，依然句句精彩。宇文泰将《六条诏书》立于座右，令百官习诵，规定不通计账法及六条者，不得为官。

苏绰虽非醇儒，但颇有德养；宇文泰虽然枭雄，能高度尊儒，其强盛和成功无疑得力于儒家文化的支持，而绝非靠对贪官的利用——苏绰不可能那样说，宇文泰不可能那样做。

宇文泰执政期间，勤政爱民，很有作为，在苏绰的辅助下，整饬吏治,并进行了一系列制度改革。如创建府兵制,改良选官制,根据《周礼》把辅政大臣分成六官,成为后来隋唐三省六部制的基础,"租庸调制"影响直至隋唐。李光地说:"唐太宗事事料理过,又承苏绰之后,所以治效为三代以下所仅见。"(《榕村语录》)

宇文泰苏绰以后,北朝政治高度儒化,吏治也相当清明。儒家文化对于强盛北魏军政和消化民族矛盾,起到了决定性作用。钱穆说:"自宇文泰、苏绰以来,北朝君臣大体均能注意吏治。隋承其风而弗替。""苏绰、卢辩诸人,卒为北周创建了一个新的政治规模,为后来隋唐所取法。将来中国全盛时期之再临,即奠基于此。"(《国史大纲》)这才是历史的真相。

## 附:伪《宇文泰苏绰问对录》

有苏绰者,(《北史》有传,见卷六三)深谙治国之术,孔明、王猛之流也。宇文泰以治国之道问于苏绰,二人闭门密谈,至三昼夜乃罢。

宇文泰问曰:"国何以立?"

苏绰曰:"用官。"

问:"何以用?"

曰:"用贪官,弃贪官。"

问:"贪官何以用?"

曰:"为君者,以臣工之忠为大。臣忠则君安,君安则国安。然无利则臣不忠，官多财寡，奈何？"

曰："奈何？"

曰："予其权，以权谋利，官必喜。"

问："善。虽然，官得其利，寡人何所得？"

曰："官之利，乃君权所授，权之所在，利之所在也，是以官必忠。天下汹汹，觊觎皇位者不知凡几，臣工佐命而治，江山万世可期。"

叹曰："善！然则，贪官既用，又罢弃之，何故？"

曰："贪官必用，又必弃之，此乃权术之密奥也。"

宇文泰移席，谦恭就教曰："先生教我！"

苏绰大笑，曰："天下无不贪之官，贪墨何所惧？所惧者不忠也。凡不忠者，异己者，以肃贪之名弃之，则内可安枕，外得民心，何乐而不为？此其一。其二，官有贪渎，君必知之，君既知，则官必恐，恐则愈忠，是以弃罢贪墨，乃驭官之术也。不用贪官，何以弃贪官？是以必用又必弃之也。倘或国中之官皆清廉，民必喜，然则君危矣。"

问："何故？"

曰："清官或以清廉为恃，犯上非忠，直言强项，君以何名弃罢之？弃罢清官，则民不喜，不喜则生怨，生怨则国危，是以清官不可用也。"

宇文泰大喜，啧啧有声。苏绰厉声曰："君尚有问乎？"

宇文泰大惊，曰："尚……尚有乎？"

苏绰复厉色问曰："所用者皆贪渎之官，民怨沸腾，何如？"宇文泰汗下,再移席,匍匐问计。

苏绰笑曰:"下旨斥之可也。一而再,再而三,斥其贪墨,恨其无状,使朝野皆知君之恨,使草民皆知君之明,坏法度者贪官也,国之不国,非君之过,乃官吏之过也,如此则民怨可消也。"

又问:"果有大贪,且民怨愤极者,何如?"

曰:"杀之可也。抄其家,没其财,如是则民怨息,颂声起,收贿财,又何乐而不为?要而言之:用贪官以结其忠,弃贪官以肃异己,杀大贪以平民愤,没其财以充宫用,此乃千古帝王之术也。"

宇文泰击掌再三,连呼曰:"妙!妙!妙!"而不知东方之既白。

# 罪恶没有赢家

罪恶没有赢家，罪恶必有恶果，这是道德真理。

《易经》说："积善之家必有余庆，积不善之家必有余殃。"又说："善不积不足以成名，恶不积不足以亡身。"小善小恶不断积累起来，就会成为大善大恶而导致质变，积健为雄则成大名，恶贯满盈则亡其身。作恶就像骆驼负重，积恶就是不断增负，最后被一根稻草压垮。

《孟子·梁惠王》载的曾子语："戒之戒之！出乎尔者反乎尔者也。"孟子说："人必自侮，而后人侮之；家必自毁，而后人毁之；国必自伐，而后人伐之。"《荀子》说："凡物有乘而来，乘其出者，是其反者也。"《国语·周语》云："天道赏善而罚淫。"这些儒言都揭示了"罪恶必有恶果"这一道德真理和因果铁律。

罪恶没有赢家，也是历史教训，罪恶的人物和势力，即使得意一时、猖獗一时，必要付出惨重代价，个人如此，群体如此，国家也一样。一个国家野蛮化了，野猪太多，甚至野猪当道，就难免受到野蛮对待，被侮、被毁、被伐甚至被灭。吃人的野猪也会被人或野猪所吃，家灭国亡的时候，野猪群体的下场最为悲惨。

政治无道、社会无序，弱势群体固然是受害者，强势集团同样难得好下场，无数鲜血染成的历史事实为此提供了证明。秦王朝是最为典型的，秦始皇一时的极权得志，让所有子孙和嬴氏家族死于非命，一个剩下的也没有。

害人者被害，抢劫者被抢是乱世的常态。乱世是罪恶的渊薮，五代是典型的乱世，赵翼《廿二史札记》中有"五代藩帅劫财之习""五代幕僚之祸""五代滥刑""魏博牙兵凡两次诛戮""五代诸帝皆无后"等史实记录，无不触目惊心，为"罪恶没有赢家"做了最好的注脚。其中《五代藩帅劫财之习》如下：

> 五代之乱，朝廷威令不行，藩帅劫财之风，甚于盗贼，强夺枉杀，无复人理。李匡俦为晋军所败，遁沧州，随行辎重妓妾奴仆甚众，沧帅卢彦威杀之于景州，尽取其赀。（《旧五代史·唐书》）

> 张筠代康怀英为永平节度使，怀英死，筠即掠其家赀。有侯莫陈威者，尝与温韬发唐诸陵，多得珍宝，筠又杀威而取之。筠弟篯守京兆，值魏王继岌灭蜀归，而明宗兵起，篯即断咸阳桥，继岌不得还，自缢死，遂悉取其行橐。先是王衍自蜀入京，庄宗遣宦者向延嗣杀之于途，延嗣尽得衍赀。至是明宗即位，诛宦者，延嗣亡命，篯又尽得其赀。由是筠、篯兄弟皆拥赀巨万。（《筠传》）

> 马全节败南唐将李承裕，擒以献阙下，承裕曰："吾掠城中，所得百万，将军取之矣。吾见天子，必诉而后就刑。"全节惧，遂杀之。（《全节传》）

高允权为延州令,其妻,刘景岩孙女也,景岩家于延,良田甲第甚富,允权心利之,乃诬景岩反而杀之。(《允权传》)

李金全讨安州,至则乱首王晖已伏诛,金全闻其党武彦和等为乱时劫赀无算,乃又杀而夺之。(《金全传》)

张彦泽降契丹,奉德光命先入京,乃纵军大掠,又缢死桑维翰,悉取其赀。(《彦泽传》)

成德节度使董温其为契丹所虏,其牙将秘琼杀其家而取其赀。琼为齐州防御使,道出于魏,范延光伏兵杀之,以成卒误杀闻。后延光叛而又降,挈其帑归河阳,杨光远使子承勋推之坠水死,尽取其赀。(《延光传》)

杨光远后亦叛而复降,其故吏悉取其宝货名姬善马,献李守贞。(《光远传》)

欧史谓琼杀温其,取其赀,延光杀琼而取之,延光又以赀为光远所杀,而光远亦不能免也。可见天道报施,虽乱世亦不爽。且多财为害,乱世尤易召祸。白再荣在镇州,劫夺从契丹之官吏,镇人谓之"白麻答"。及归京师,遇周祖兵入,军士至其家,悉取其财。已而前启曰:"我辈尝事公,一旦无礼至此,何面目见公乎。"乃斩之而去。(《再荣传》)

藩帅就是藩镇的首脑,各地土皇帝。由于五代政治社会的混乱,他们依仗没有"有效制约的权力",胡作非为,公开劫财害命,结果自己也常常被劫财、被害命。《五代藩帅劫财之习》列举劫掠个案十四例，其中五例最为惊心动魄：成德节度使董温一家，被牙将秘琼所杀，夺其财货；秘琼路过魏地，被范延光所杀而夺其财货；范延光挈其财货归河阳，被杨光远儿子杨承勋推入水中淹死而夺其财货；杨光远后来又被老部下抢掠一空……

"人不能把金钱带进坟墓，金钱善于把人送进坟墓。"这句无名之言，说出了一个真理。古人云："非分取财，杀身之道也。"意味着不义之财容易招灾引祸甚至招来杀身之祸。古今中外无数人被不义之财送进坟墓和地狱。贪痴是人性的黑洞，也是通往宇宙黑洞（地狱）的捷径啊。

# 宋朝官场清廉度秦后最高

或谓"宋朝是中国历史上最腐败的朝代"。这种说法完全不符合事实。关于宋朝,东海有不少微博论及,特检出部分供参考。说"公务员工资是汉代的六倍,清代的十倍",不知依据何在,但宋朝官场清廉的原因并非高薪养廉,而拜儒家道德和礼制的制约所赐。高薪养廉,对于具有良好制度规范和道德约束的官员队伍,可以起到添花作用,如西方公务员或儒家时代的官员。但对于拜物主义群体来说,唯一的作用,可能是更加刺激他们的胃口。小人穷斯滥矣,富贵更滥。马帮官员就是一群贪婪无度、腐败成性的滥货,永远喂不饱,永远不满足。

【慕宋1】北宋是秦后官员清廉度最高的王朝。从朝廷到地方,从高官到小吏,清廉是普遍追求,贪污乃特殊现象。当时若有官财公开制,落实起来必毫无障碍,就像三代时若发明了民主制,实践起来顺理成章一样。

【慕宋2】"宋凌冲令含山,律己甚严,一介不妄取,见归装有一砥石,诧曰:非吾来时物也。命还之。"载于《昨非庵日纂》《夜航船》。凌冲是北宋吴县人,宝元进士,少负才名,被王安石目为奇才。熙宁中任含山知县。

【慕宋3】"寇准出入宰相三十年,不营私第。处士魏野赠诗曰:'有官居鼎鼐,无地起楼台。'洎准南迁时,北使至内宴,宰执预焉。使者历视诸相,语译导者曰:'孰是无地起楼台相公?'坐无答者。"载《昨非庵日纂》《国老谈苑》。

【慕宋4】宋朝真正树立了廉洁为荣、贪污为耻的官风,上上下下清官廉吏多如牛毛,《宋史》《宋人轶事汇编》《昨非庵日纂》诸书都有大量记载。本想一一介绍宋官事迹,但觉得没必要重复,有兴趣者可阅读原籍。曾有人根据史籍做过统计,两宋贪腐案加起来,总共不足二百起——虽未必全面,亦可见一斑。

【道德力量】今人多不读、不熟历史,受小说戏说的影响,想当然地认为古代王朝都腐败透顶。其实,儒式王朝的官员多从儒生中选拔,文化底蕴较厚,人格相对健全,加上监管颇严,清廉为主流。王朝末期,腐败现象会多起来,但儒式王朝无论怎么腐败糜烂,都有限度,且不乏清正健康者奋起力挽狂澜。

【剥诗】宋张之才,知阳城县,清谨爱民,及去任,辞汤庙诗云:"一官来此四经春,不愧苍天不愧民。神道有灵应信我,去时犹似到时贫。"(《昨非庵日纂》)特剥其诗以赠贪官曰:"贪官心黑脸徒春,不畏苍天不恤民。神道有灵应殛汝,一家富贵万家贫。"

【答曰】或说宋朝是最无能的王朝。太不了解宋朝了。当时政治、制度、物质文明和经济实力皆远远领先世界,军事不强但人心强。蒙古铁骑所向无敌,踏遍大半个地球,大小国家如汤泼雪一触即溃。

唯我大宋，抗战期长达大半个世纪，仅襄阳一城就顽抗十年。最后崖山一战，君臣军民二十多万共同赴死！

【宋朝】汉唐宋三大王朝，以宋朝相权最为低落。一、宋初宰相与枢密院对称"两府"，文事任宰相，武事任枢密，宰相不预闻兵事。二、财务归于三司，亦非宰相所辖。三、进贤与能之权也被审官院、审刑院及三班院所分。四、宰相坐论之礼，也是从宋朝开始废弃的。此前宰相上殿命座，历五代而不改。（钱穆）

【太监】古来太监多是厌儒反儒的，但也有一些例外，如刘承规。此人自宋初为宦官，历事三朝，掌管内藏三十年，多才多艺，曾详定宋朝权衡法，典领编修《太宗实录》及《册府元龟》等史，参与平定土民动乱和防备契丹等事件。史称其精力充沛，廉洁奉公，喜藏书，好儒学，礼待土人云。

【儒国】将儒家社会等同于人民社会，无异将君子等同于流氓，将闺阁等同于青楼。真正的、正宗的儒家社会，宋朝之后就没有了，元明清属于准儒家社会。日本作为汉唐宋虔诚而不够格的学生，现在还残留着一点儒家味和中华范，但也仅仅一点而已，皮毛而已，连准儒家都谈不上，依稀仿佛耳。

【儒理】宋朝对佛教，既高度尊重又不乏限制。仁宗最崇佛，也曾下令毁天下无额寺院并将僧尼数减去三分之一。就是这样，对佛教支持力度仍嫌过大，流弊多多，不耕而食者繁众，如张洞奏："今祠部账至三十余万僧，失不裁损，后不胜其弊。"（《宋史》）更严重的是实用人才流失，社会关怀弱化……

【回应蒙章立凡】章说:"满蒙外族入侵,儒者无不卖身投靠以求官禄。"答:仅说蒙元,其铁蹄天下莫挡,唯"积贫积弱"的宋朝抗争长达半个多世纪,文天祥等大量儒官成仁取义,崖山之战更是悲壮万古,二十多万士夫军民和朝廷君臣一起殉国。

【宋官】宋朝给人印象最深的是其君臣的仁厚和官员的洁身自爱。宰相中除了秦桧、韩侂胄等极个别,无不廉洁,绝大部分高官大吏也一样,令人感动和感慨。《昨非庵日纂》收录了大量这类故事,由于政策重文轻武,宋朝较弱,但弱中有强,在四周虎狼中持而能坚、坚而能久,最后顽抗蒙古数十年,非偶然也。

【宋人1】读宋史和有关笔记,常常不由得惊叹当时官德官风之美。上到朝廷大臣,下到低级官吏,多以清廉为荣,不少官员清高到不合情理的地步。如黄庭坚诗"闭门觅句陈无己"所说的太学博士、秘书省正字陈无己,宁贫病交加冻死,也不接受馈赠。这种道德洁癖,非正常也,却也可见当时官风士气之一斑。

【宋人2】"陈无己性清介,傅尧俞怜其贫,怀银往见,欲以周之,坐间闻其议论,遂不敢出银而去。"(《昨非庵日纂》)"陈无己平日出行,觉有诗思,便急归,拥被而思之,呻吟如病者,或累日而后起,真是闭门觅句也。"(《朱子语录》)如此人物即使有些反常,也是儒家社会特产,反常得令人肃然起敬。

【宋人3】杨万里,号诚斋,著名诗词家。江东转运副使任满之后,应有余钱万缗,但他一钱不取而归。他作京官时,立朝刚正,遇事敢言,指摘时弊,无所顾忌。并且预先准备好了由杭州回家的路费,锁置箱中,藏于卧室,又戒家人不许买一物,怕回乡时行李累赘。随时准备丢官罢职。

【宋人4】杨万里后来赋闲家居十五年。宰相韩侂胄新建南园,请他作一篇记,许以高官,万里坚辞不作,表示"官可弃,记不可作"。诗人葛天民誉他"脊梁如铁心如石"(见《南宋群贤小集·葛无怀小集》),徐玑赞他"清得门如水,贫惟带有金"(《投杨诚斋》)。名至实归,非谥美也。

【宋人5】宋朝历任宰相,除了秦桧、韩侂胄、贾似道等极少数,绝大多数高度廉洁自律。范质是宋朝第一任宰相,他从不接各地馈赠,自五代以来形成的宰相收取地方贿赂的恶习,到范质为相时彻底根除;其俸禄和所得赏赐也大多馈送老弱孤寡。临终之时"家无余资"。

【宋人6】王旦不置田宅,说:"子孙当自立,何必田宅,徒使争财为不义耳。"遗命戒子弟:"我家盛名清德,当务俭素,保守门风,不得事于泰侈,勿为厚葬以金宝置柩中。"宋真宗在王旦临终时幸其第,赐白金五千两,王旦作奏辞之,稿末自添四句云:"益惧多藏,况无所用,见欲散施,以息咎殃。"

【宋人7】宋朝君臣和儒臣之间,当然有政治斗争,有时还很激烈很卑鄙。但无论怎样激烈卑鄙,都有分寸底线,不至于像后世,动辄你死我活、刑诛暗杀、夺人性命。所谓的政治迫害,大多不过让对方靠边站,或从朝廷外放地方,或从要职降为闲职。政治上互不兼容而生活中诗酒唱和的现象,在当时并不稀罕。

【宋人8】范仲淹"恩隆九族,遍及亲疏",但罢官之日,"不能具还装,至鬻一匹马以行"。《全宋文》所收钱公辅《范文正公义田记》说:"公虽位高禄厚,而贫终其身。殁之日,身无以为敛,子无以为丧。惟以施贫活族之义遗其子也。"

【宋人9】司马光"恶衣菲食,以终其身"。夫人张氏去世时,司马光把家中仅有三顷薄田卖掉,才置棺办丧;年老体弱时,其友刘贤良拟用五十万钱买一婢供其使唤,司马光婉拒说:"吾几十年来,食不敢常有肉,衣不敢有纯帛,多穿麻葛粗布,何敢以五十万市一婢乎?"

【宋人10】王安石的清贫俭朴、不修边幅到了病态地步。《宋史》说他"性不好华腴,自奉至俭,或衣垢不浣,面垢不洗"。宋人笔记载,王安石请儿媳老家来京城做客的萧氏子吃饭,"酒三行,初供胡饼两枚,次供猪脔数四,顷即供饭,傍置菜羹而已",还把客人吃剩下的胡饼吃掉了,让客人"愧甚而退"。

【宋人11】儒家王朝崇尚清廉俭朴,国人对于官员奢侈的容忍度特别低。寇准虽正直功高,为民敬仰,但因为不够节俭而为当时和后人所病。其实所谓的奢侈,不过是好夜宴、剧饮和歌舞,还有家里不点油灯点炬烛。为相后颇有敛改。因其不营私第,魏野赠诗有句:"有官居鼎鼐,无地起楼台。"寇准因此被称为"无地起楼台相公"。

# 为朱熹洗冤

宋宁宗登基初，朝廷之中有两个针锋相对的顶尖之人：宗室赵汝愚，外戚韩侂胄。赵汝愚从绍熙五年八月担任右宰相。韩侂胄以"宗室不得为宰执"打压赵汝愚。庆元元年二月，赵汝愚被降职为观文殿大学士、知福州，庆元二年正月暴卒于永州。

朱熹与赵汝愚关系较近。韩侂胄为了排斥异己，授意党羽诬评朱熹的理学为"伪学"。庆元二年十二月，监察御史沈继祖劾朱熹，诏落熹秘阁修撰。庆元三年二月，朝廷公布五十九人为《伪学逆党籍》，尽行驱逐。庆元四年五月禁"伪学"。

沈继祖向朝廷递呈劾朱熹的《劾朱熹省札》，是胡纮（hóng）在做谏官之时撰写的。胡纮被升职为太常少卿，就将此文交给谏官沈继祖。这份《劾朱熹省札》中弹劾朱熹不孝其亲、不敬于君、不忠于国、玩侮朝廷、为害风教等六大罪，以及私故人财、诱尼为妾、诸子盗牛、寡妇不夫而自孕等附加罪，无非捕风捉影，凭空罗织。

这份《劾朱熹省札》风闻言事，无中生有，含沙射影，可恶可鄙之极。省札公布后，御史台及门下中书二省在贬谪朱熹的文书，也没敢作为撰写贬谪朱熹文书的依据而采纳。南宋叶绍翁《四朝闻见录》说:"初,台臣劾公,仅见省札,而掖垣见不敢草谪词云。"

所劾朱熹六大罪,全是鸡蛋里挑骨头。第一大罪是"不孝其亲",证据是:"建宁米白,甲于闽中,而熹不以此供其母,乃日籴仓米以食之,其母不堪食,每以语人,尝赴乡邻之招,归谓熹曰:彼亦人家也,有此好饭。闻者怜之!"指斥朱熹不给母亲吃最好的建宁米,其母有怨言。

所劾朱熹第二罪"不敬于君"和第四罪"玩侮朝廷",证据都是朱熹动辄辞官;第三罪是"不忠于国",证据是朱熹认为孝宗按古制应葬某处;第五罪是哭吊汝愚和心怀怨望,朱诗"除是人间别有天",用心险恶;第六罪是"为害风教",证据是朱熹在运输孔像时,绞缚圣像并堕坏手足。

或说朱熹曾经上表认罪和谢罪,那是误读或者故意误读朱熹的谢恩表。朱熹在《落职罢宫祠谢表》并不承认所劾罪状,但也无一字自辩,唯表示对所劾罪行一无所知:"而臣聩眊,初罔闻知。"请皇帝明察:"臣寮论臣罪恶,乞赐睿断。"

未获"睿断",更遭恶攻,朱熹仍然不屑置辩。在《落秘阁修撰依前官谢表》中,对于"私故人之财而纳其尼女,规学宫之地而改为僧坊"等等恶意污蔑,朱熹说:"谅皆考覆以非诬,政使窜投而奚憾。"意思是说,想必朝廷都已考察核实过了,那么,我即使受到放逐也无憾,何况仍获保全。这个"谅"字,意味深长。

朱熹在《落秘阁修撰依前官谢表》中说:"伏念臣草茅贱士,章句腐儒,惟知伪学之传,岂适明时之用。"或以此作为朱熹自承有罪和伪学的证据,大谬。这只是表章中的套话谦辞,就像供职自称"待罪"、受弹劾时自称"罪臣",并非真的自承有罪。

南宋名相周必大,也与朱熹一样受诬而不辩,唯引咎自责而已。嘉泰元年,韩侂胄弹劾周必大为伪学罪首。"当路欲文致必大以罪,而难其重名,意必大或有辩论,乃致于贬。及必大上书谢,惟自引咎,诏复其秩。"(《续资治通鉴》)任凭别人怎么诬蔑,也不屑为自己辩护,只说自己没做好。

人非圣贤,孰能无过?大德不逾闲,小德出入可。不论大德优劣,唯抓住别人细枝末节,无限上纲,是为人为政之大忌。唐太宗曾对群臣曰:"朕开直言之路,以利国也,而比来上封事者多讦人细事,自今复有为是者,朕当以谗人罪之。"反理学、攻朱熹的韩侂胄团伙,如果遇上的是太宗,无能为矣。

论道讲理不妨茧丝牛毛,研精析微,道德批评则应忽略小节,只问大事。不少网间人士,喜欢毛举他人纤细琐碎的过失而无限上纲,既无聊又无礼。这是古来小人、奸佞用来攻击君子、诬陷忠良的手段。韩侂胄集团反理学、反朱熹用的就是这种手段。朱熹连细节不谨都欠奉,它们就捕风捉影乱造一通。

其实以韩侂胄为首的反理学派才是伪君子。"时台谏欲论熹,无敢先发者。胡纮未达时,尝谒熹于建安,熹待学子惟脱粟饭,遇纮不能异也。纮不悦,语人曰:此非人情。只鸡斗酒,山中未为乏也。及为监察御史,乃锐然以击熹自任。"这个胡纮,一饭之怨竟至于充当奸相打手。

沈继祖更是小人。《续资治通鉴》记载：

"有沈继祖者，尝采摭熹《语》《孟》之语以自售，至是以追论程颐，得为御史。纮以疏章授之，继祖谓立可致富贵，遂论熹：'资本回邪，加以忮忍，剽窃张载、程颐之绪馀，寓以吃菜事魔之妖术，簧鼓后进，张浮驾诞，私立品题，收召四方无行义之徒以益其党伍，相与褒衣博带，食淡餐粗，或会徒于广信鹅湖之寺，或呈身于长沙敬简之堂，潜形匿迹，如鬼如魅。士大夫沽名嗜利，觊其为助者，又从而誉之荐之。'"

都是毫无事实依据的栽赃诬陷和上纲上线，欲加之罪，巧言恶攻。再看看吏部尚书许及之的丑态贱态：

"丙子，以吏部尚书许及之同知院事。及之谄事韩侂胄，居二年不迁，见侂胄，流涕叙其知遇之意，衰迟之状，不觉屈膝。侂胄怜之，故有是命。侂胄尝值生辰，及之后至，阍人掩关，及之从门间俯偻而入。当时有由窦尚书、屈膝执政之语。"（《宋史本纪第三十七》）

反朱熹，必及于反孔孟；反理学，必流于反儒学。《续资治通鉴》记载：

"（庆元元年）二月，同知贡举、右正言刘德秀言：'伪学之魁，以匹夫窃人主之柄，鼓动天下，故文风未能丕变。请将语录之类尽行除毁。'故是科取士，稍涉义理者，悉皆黜落；六经语孟中庸大学之书为世大禁。"

儒家强调知行合一，理论实践并重，将知见、学问、道理、智慧等等视为道德的要素，知见圆确、道理圆正、智慧圆足方为圣贤，事功只能作为辅助标准。孔子之后儒家第一人，毫无疑问是孟子，其次则理学集大成者朱熹和心学大宗师王阳明，皆亦道统传人也。

或说：王阳明不是也一直反理学吗？答：天理良知，一体同仁；理学心学，都是儒学。宋朝理学，明朝心学，统称宋明理学。理学心学之争，是儒学内部不同派别之争。心学大宗师王阳明与理学集大成者朱熹，都是孔孟之徒，立足于中庸之道，只是思想侧重点有差异，对一些儒学概念理解有分歧而已。

附胡纮撰写、沈继祖递呈的《劾朱熹省札》：

臣窃见朝奉大夫、秘阁修撰、提举鸿庆宫朱熹，资本回邪，加以忮忍，初事豪侠，务为武断，自知圣世此术难售，寻变所习，剽张载、程颐之余论，寓以吃菜事魔之妖术，以簧鼓后进，张浮驾诞，私立品题，收召四方无行义之徒以益其党伍，相与餐粗食淡，衣褒带博，或会徒于广信鹅湖之寺，或呈身于长沙敬简之堂，潜形匿影，如鬼如魅。士大夫之沽名嗜利、觊其为助者，又从而誉之荐之。根株既固，肘腋既成，遂以匹夫窃人主之柄，而用之于私室。飞书走疏，所至响答，小者得利，大者得名，不惟其徒咸遂所欲，而熹亦富贵矣。臣窃谓熹有大罪者六，而他恶又不与焉。

人子之于亲，当极甘旨之奉，熹也不天，惟母存焉，建宁米白，甲于闽中，熹不以此供其母，而乃日籴仓米以食之，其母不堪食，每以语人，尝赴乡邻之招，归谓熹曰：'彼亦人家也，有此好饭'。闻者怜之！昔茅容杀鸡食母而与客蔬饭，今熹欲餐粗钓名而不恤其母之不堪，无乃太戾乎？熹之不孝其亲，大罪一也。

熹于孝宗之朝屡被召命，偃蹇不行，及监司郡守或有招致，则趣驾以往！说者谓召命不至盖将辞小而要大，命驾趣行盖图朝至而夕馈！其乡有士人连其姓者贻书痛责之，熹无以对！其后除郎，则又不肯入部供职，托足疾以要君，此见于侍郎林栗之章，熹之不敬于君，大罪二也。

孝宗大行，举国之论礼合从葬于会稽。熹以私意倡为异论，首入奏札，乞召江西、福建草泽，别图改卜。其意盖欲藉此以官其素所厚善之妖人蔡元定，附会赵汝愚改卜他处之说，不顾祖宗之典礼，不恤国家之利害，向非陛下圣明，朝论坚决，几误大事！熹之不忠于国，大罪三也。

昨者汝愚秉政，谋为不轨，欲藉熹虚名以招致奸党，倚腹心羽翼，骤升经筵，躐取次对，熹既用法从恩例封赠其父母，奏荐其子弟，换易其章服矣，乃忽上章佯为辞免，岂有以职名而受恩数而却辞职名？玩侮朝廷，莫此为甚！此而可忍，孰不可忍？熹之大罪四也。

汝愚既死，朝野交庆，熹乃率其徒百余人哭之于野，熹虽怀卵翼之私恩，盍顾朝廷之大义？而乃犹为死党，不畏人言，至和储用之诗，有'除是人间别有天'之句，人间岂容别有天耶？其言意何止怨望而已？熹之大罪五也。

熹既信妖人蔡元定之邪说，谓建阳县学风水有侯王之地，熹欲得之，储用逢迎其意，以县学不可为私家之有，于是以护国寺为县学，以为熹异日可得之地，遂于农月伐山凿石，曹牵伍拽取捷为路，所过骚动破坏田亩，运而致之于县下，方且移夫子于释迦之殿，设机造械，用大木巨缆绞缚圣像，撼摇通衢嚣市之内，而手足堕坏，观者惊叹，邑人以夫子为万世仁义礼乐之宗主，忽遭对移之罚而又重以折肱伤股之患，其为害于风教大矣！熹之大罪六也。

以至欲报汝愚援引之恩，则为其子崇宪执柯娶刘珙之女，而奄有其身后巨万之财。又诱引尼姑二人以为宠妾，每之官则与之偕行，谓其能修身，可乎？

冢妇不夫而自孕，诸子盗牛而宰杀，谓其能齐家，可乎？

知南康军，则妄配数人而复与之改正；帅长沙，则匿藏敕书而断徒刑者甚多；守漳州，则搜古书而妄行经界，千里骚动，莫不被害；为浙东提举，则多发朝廷赈济钱粮，尽与其徒而不及百姓，谓其能治民，可乎？

又如据范染祖业之山以广其居，而反加罪于其身；发掘崇安弓手父母之坟以葬其母，而不恤其暴露，谓之恕以及人，可乎？

男女婚嫁，必择富民，以利其奁聘之多。开门授徒，必引富室子弟，以责其束脩之厚。四方馈赂，鼎来踵至，一岁之间，动以万计，谓之廉以律己，可乎？

夫廉也，恕也，修身也，齐家也，治民也，皆熹平日窃取中庸、大学之说以欺惑斯世者也。今其言如彼，其行乃如此，岂不为大奸大憨也耶？昔少正卯言伪而辩，行僻而坚，夫子相鲁七日而诛之。夫子，圣人之不得位者也，犹能亟去之如是，而况陛下居德政之位，操可杀之势，而熹有浮于少正卯之罪，其可不亟诛之乎？

臣愚欲望圣慈特赐睿断，将朱熹褫职罢祠，以为欺君罔世之徒污行盗名者之戒。仍将储用镌官，永不得与亲民差遣。其蔡元定，乞行下建宁府追送别州编管。庶几奸人知惧，王道复明。天下学者自此以孔孟为师，而憸人小夫不敢假托凭藉，横行于清明之时，诚非小补。

# 儒家对西方的历史影响

历史上的中国，不仅是周边国家的宗主国，也是不少西人心目中的理想国，至少充满理想色彩。儒家对西方文艺复兴运动起到过相当的启迪和推动作用，而文艺复兴正是西方现代文明的背景，故可以说，儒家对西方文明有过重大影响。换言之，西方现代文明含藏着儒家文化和中华文明的元素。

元明为中华偏统政权，处于儒家文明的衰退期，但对同时期的西方来说，依然颇有新鲜感和超前性。李约瑟在《中国科学技术史》中说："早在公元2世纪，关于儒家的一些传说似乎已传入欧洲。"我认为，儒家对西方产生重大政治社会影响和对文艺复兴运动的推动，应自13世纪意大利人马可·波罗肇端。

《马可·波罗行记》相当翔实地记载了元朝政事、战争、宫廷、节日、游猎和大都的经济、文化、风情、风俗等等情况，盛赞元朝的文明强大和昌盛富庶，让西人有机会一窥如画似梦的东方文明盛景。

接着，门多萨神父编写，1583年出版的《大中华帝国史》，对中国的人伦道德、政治制度、思想文化、地理风物、军事武装等进行了全方位的描述，系统地塑造了中华帝国神话般的形象，有溢美也有中肯的认知，让西人意识到，庞大的中华帝国在文明的许多方面都优于欧洲，并可能成为欧洲努力的方向。

《大中华帝国志》描述了中国人的外貌与秉性，中国人都身体健康、心灵手巧、聪明开化。"他们都是伟大的发明家，勤劳而工巧。""中国人是心智最高的人种。他们有一套自己关于天地起源、人类诞生的看法。""他们是个喜欢宴乐的民族，什么时候都避免悲伤。"中国人不喜欢战争等等。

门多萨说广东人像柏柏尔人皮肤较黑，内陆的中国人像日耳曼人。在中国居住的还有摩尔人、蒙古人、缅甸人与老挝人，偶尔也能见到欧洲人。所有臣民在天子统治下生活在和平的帝国秩序中，拥有一种可想而知的幸福。他认为中国最令人仰慕的是政治制度，中国皇帝是世界上最令人好奇的人物。

明朝时，耶稣会传教士利玛窦，为西方提供了更为真实的中华文明的信息。他说："中国政府的治国能力超出其他所有的国家。他们竭尽所能，以极度的智慧治理百姓。若是天主在这本性的智慧上，再从我们天主教的信仰而加上神的智慧的话，我看希腊的哲学家柏拉图，在政治理论方面也不如中国人。"

《利玛窦中国札记》站在神本主义立场上对明朝赞叹不已，所描述的中华帝国俨然一个由哲人王治理的"现实乌托邦"：

"标志着与西方一大差别而值得注意的另一重大事实是，他们全国都是由知识阶层,即一般叫作哲学家的人来治理的。井然有序地管理整个国家的责任,完全交付给他们来掌握。军队的官兵都对他们十分尊敬,并极为恭顺和服从,他们常常对军队进行约束,就像老师惩罚小学生那样。……更加令外国人惊异的是,在事关对皇上和国家的忠诚时,这些哲学家一听到召唤,其品格崇高与不顾危险和视死如归,甚至要超过那些负有保卫祖国专职的人。也许这种情操来自于:人们有了学问,心灵也就高尚了。"

《利玛窦中国札记》第六章是《中国的政府机构》。他写道:"虽然我们已经说过中国的政府形式是君主制,但从前面所述应该已经很明显,而且下面还要说得更清楚,它在一定程度上是贵族政体,……如果没有与大臣磋商或考虑他们的意见,皇帝本人对国家大事就不能做出最后的决定。"

利玛窦还相当深入地介绍了科举制,内容涉及考期、考场、考官、科考内容、规则、录取方式、授职仪式等事项。他说:"标志着与西方一大差别而值得注意的一大事实是,他们全国都是由知识阶层的人来治理的。井然有序地管理整个国家的责任完全交给他们来管理。"

利玛窦赞美孔子:"中国哲学家中最有名的是孔子。这位博学的伟大人物,诞生于基督纪元前551年,享年七十余岁。他既以著作和授徒,又以自己的身教来激励他的人民追求道德。他的自制力和有节制的生活方式,使他的同胞断言,他远比世界各国过去所有被认为是德高望重的人更为神圣。"

尽管在利玛窦看来儒学并不符合基督教义,却是异教中最完美的。他认为,四书五经"着眼于个人、家庭及整个国家的道德行为,而在人类理性的光芒下对正当的道德活动加以指导",是"为着国家未来的美好和发展而集道德教诫之大成"。他与人合作用拉丁文注释四书,以帮助在华教士学习和了解儒学。

继利玛窦之后,又一位西方传教士曾德昭,为"东学西渐"做出了卓越贡献。他于1613年(明末)来到中国传教,并同时学习中文,在中国一共待了二十二年之久,著有《中华大帝国史》,介绍了明朝政治制度法律、政府结构、生活方式、语言文字、物产、民俗等等,对科举制描述尤为详细。

曾德昭特别强调了科举制"自由报考、公平竞争"的原则。他写道:"普通老百姓不分职业,均可投考",但"军士、保镖、法警、恶棍、刽子手及称作忘八的妓女监护人"被摒弃在外。

他与利玛窦一样也把科举的三种学位,即秀才、举人、进士比作西方社会的学士、硕士和博士。他说:"那些仅仅是学生,没有取得任何学位的人,本身没有任何特权,只被人尊称为绅士。大家把他们敬为国家之灯,中国人知道应如何尊重确实值得尊重的人。"

利玛窦及其继承者们认为,中国实现了柏拉图"作为真正牧民者的哲人占统治地位"的理想。在《利玛窦中国札记》完成之后一个半世纪间,西方不少文本对中华文明同样做了高度肯定和赞美。

腓内斯在《巴黎至中国旅行记》中赞扬"中国为哲人政治"，拉莫特·勒瓦耶在《论异教徒的德行》中将孔子与苏格拉底并列。拉莫特·勒瓦耶说："孔子的崇高美德甚至使君王决不发出与他（孔子）的戒律不符的命令，皇帝的文武百官都势必是孔子的信徒，因此可以说，只是哲学家们在统治这样一个大帝国。"

文艺复兴以来启蒙哲学家们心醉神驰的美好东方，建立在两个基本观念之上：一是性善论，二是道德理想通过政治实践达成社会公正与幸福。他们认为这是中国形象的核心意义，也是他们心目中新型政治伦理社会理想的最高尺度。

坚决反对法国和欧洲君主专制的百科全书派领袖霍尔巴赫，高度推崇儒家君主制，认为："在中国，理性对于君主的权力发生了不可思议的效果，建立于真理之永久基础上的圣人孔子的道德，却能使中国的征服者亦为其所征服"，孔子学说"使野蛮征服者对此亦须保持尊敬，而以之为政府施政的目标"。

伏尔泰在《哲学辞典》中列举了孔子七句圣言，赞美道："东方找到一位智者……他在公元前六百余年便教导人们如何幸福地生活。"他叹息："我们不能像中国人一样，这真是大不幸。"

罗伯斯庇尔在他起草的1793年的《人权和公民权宣言》中写道："自由是属于所有的人做一切不损害他人权利之事的权利：其原则为自然，其规则为正义，其保障为法律；其道德界线则在下述格言中：己所不欲，勿施于人。""己所不欲勿施于人"正是孔子圣言，表达了"恕道"原则。

德国莱布尼茨认为儒文化对西方做出了重大贡献。他研究发现《易经》阴阳爻二进制与他的二元算术完全一致，据此深信中国哲学具有充足的科学根据。他还宣称，在道德和政治方面中国人也优于欧洲人。日本学者五来欣造说："儒教不仅使莱布尼茨蒙受了影响，也使德意志蒙受了影响。"

莱布尼茨批判某些夜郎自大的欧洲学者："我们这些后来者，刚刚脱离了野蛮状态就想谴责一种古老的学说，理由只是因为这种学说似乎首先和我们普通的经院哲学的概念不相符，这真是狂妄至极！"

1670年前后，英国政治家坦普尔爵士断言："由最好的人管理的政府就是最好的政府。哲人是最好的人，哲人政治是最好的政治"，"伟大古老的中华帝国"就是榜样。

1672年，闵明我神父从中国回到欧洲，写了100万字有关中国的著作。在闵明我看来，中国在所有方面都是优秀的。他建议欧洲所有君主仿效中国皇帝，国王必须有修养，请哲学家辅佐政务，听从他们的建议；欧洲应该模仿中国的政治与经济制度，尊重农民，将农业当作立国之本。

1721年，莱布尼茨的学生、德国著名哲学家沃尔夫在哈雷大学做了"关于中国人道德哲学的演讲"，他说："中国古代的帝王是真正具有哲学家天赋的人。我曾经提到伏羲和他的继承者。伏羲创立了各门科学和中华帝国，由于这些哲人王的智慧与努力，中国的政体成为世界上最优秀的政体。在统治艺术上，从古到今，中国超越了所有其他的国家。"

李约瑟称孔子为"全中国的无冕皇帝"。他认为孔学并不限于人文科学领域，在自然科学领域也有重要成就："在历法领域中，数学在社会上属于正统的儒家知识的范畴。""在历史上，不定分析被称为'大衍术'，这是从《易经》中一个难解的陈述句'大衍之数五十'得来的。"

或说儒家政治为"孔教乌托邦"，这是对中华的无知，无知于中华文化真理、历史真相和文明辉煌。向西方介绍中华的各种文本或有溢美，却非空想和虚构。乌托邦是空想主义，儒家文明则是实实在在的历史存在。

作为中华偏统政权，元明清已经很不"中正"，但元明和清朝前期依然能令同时期的西人惊艳，可见儒家的厉害。西方从中汲取精华和营养，启开神本主义的蒙昧，走上人本主义道路。

# 忽必烈儒化：一次华丽的历史转身

元朝和蒙古帝国有着政统和名义上的传承关系，但从文化到政治却发生了巨大的变化。

蒙古帝国（1206—1259），是历史上一个横跨欧亚大陆的大帝国，创立于成吉思汗之手。蒙哥汗去世后，帝国分裂成几个各自为政的汗国，互相之间互不统属，甚至大相征伐。元朝（1271—1368）创立于忽必烈之手。此前从铁木真的"元世祖"到蒙哥的"元宪宗"的称谓，都是元世祖忽必烈追谥的。

1260年忽必烈即位大汗并建元中统，1271年改国号为大元，随后逐步消灭金朝、西夏、大理等国，1279年全面占领中国。元朝是各蒙古帝国中实力最强、影响最大、文明程度最高的帝国，也是当时举世无双、天下向往的大国和强国。

从蒙古到元朝，是从崇力向崇德升进，从野蛮向文明靠拢，从夷狄向中华进化，即汉化了。元朝就是汉化的伟大成果，从军事暴力集团向道德和文明的方向演进的结果。所谓汉化，就是儒化。忽必烈确立儒学为治国理念和指导思想，展开和完成了这次除旧布新的历史性的大转型。

## 一、潜邸预谋

忽必烈是元宪宗蒙哥之弟,青年时代,便对汉文化多有研习和借鉴,在蒙哥的同母弟中"最长且贤"。蒙哥继大汗位,忽必烈受封为王,受命负责总领漠南汉地事务。忽必烈在这段时间内任用了大批汉族幕僚和儒士。

张德辉原是金儒,供职金国御史台衙门。金亡,在蒙古大将史天泽帐下为经历官。蒙古定宗二年受忽必烈召见。张德辉在《岭北纪行》中记载了晋见忽必烈的经过。

忽必烈问张德辉的第一个问题就不简单。"既见,王从容问曰:孔子殁已久,今其性安在?对曰:圣人与天地终始,无所往而不在。殿下能行圣人之道,即为圣人,性固在此帐殿中矣。"(《元史》作:"性即在,是矣。")

问得深刻,答得到位,君臣都不愧"人中之龙也"。忽必烈又向张德辉访问中国人才,张举荐了二十余人。忽必烈屈指数之,间有能道其姓名者,可见留意中土人才久矣。张德辉的《岭北纪行》中特别提及魏璠、元裕、李治三人。魏璠《元史》无传,张首先举荐他,理由不明;元裕即元好问,与李治都是张德辉好友,为《元史·张氏传》中所说"封龙山三老"之二老。

"王又问:农家亦劳,何衣食之不赡?德辉对曰:农桑,天下之本,衣食之所从出;男耕女织终岁勤苦,择其精美者输之官,余粗恶者将以仰事俯畜。而亲民之吏复横敛以尽之，则民鲜有不冻馁者矣！"可见忽必烈对汉地农家的了解和农业问题的重视，张的回答体现了对民生疾苦的关心。

张德辉与忽必烈的第二次谈话在戊申春释奠之后。"戊申春，德辉释奠，致胙于王。王曰：孔子庙食之礼何居？对曰：孔子为万代王者师，有国者尊之，则严其庙貌，修其时祀。其崇与否，于圣人无所损益，但以此见时君尊崇儒道之心何如耳。王曰：自今而后，此礼不废。"忽必烈表示祀孔大典要持之永久。

"王又问曰：今之典兵与宰民者，为害孰甚？对曰：典兵者，军无纪律，纵使残暴，所得不偿所失，罪固为重。若司民者，头会箕敛，以毒天下；使祖宗之民如蹈水火，为害尤甚。王默然良久，曰：然则奈何？德辉曰：莫若更选族人之贤，如口温不花者，使掌兵；勋旧则如忽都虎者，使主民政，则天下皆受其赐矣！"

张德辉提到的口温不花，蒙古亲王，治军严明；忽都虎（忽突忽），蒙古贵族和元老，被元太宗任命为中州断事官，上任后，认真治理汉地乱象，致力重建地方秩序，并与耶律楚材一起，商定汉地赋税制度和勋臣贵戚分地的管理制度，保全中原传统的地方州县行政制度，民蒙其惠。

特别值得一提的是，忽必烈曾以时人"辽以释废，金以儒亡"的观点询问张德辉。张氏对曰：

"辽事臣未周知,金季乃所亲见。宰执中虽用一二儒臣,余则皆武弁世爵;及论军国大事,又皆不使预闻。其内外杂职,以儒进者三十之一,不过阅簿书听讼理财而已!国之存亡自有任其责者,儒何咎焉!"

张德辉曾经久仕金朝,与元好问李治为友,所以很了解金朝朝廷内幕,说得中肯。可见金朝也尊儒,但儒化程度很低,并不真正亲信儒士。忽必烈当时已有意于以儒治天下,故听了很高兴。忽必烈时为诸王,但雄心勃勃,"思大有为于天下。延藩府旧臣及四方学之士,问以治道"(《元史·世祖本纪》)。

对于早就"思大有为于天下"的忽必烈,"金朝是否因儒而亡"这个问题至关重要。若"金以儒亡"结论成立,忽必烈即使最喜欢儒家,也不可能以之为治国之道。他在潜邸时"延藩府旧臣及四方学之士问以治道",这是核心问题。他后来力推儒化,当然是对这个问题有了答案,充分认识到儒家对他的国家"大有利"。

元宪宗时代,忽必烈总领中原军政时即推崇儒家,认识到"帝中国当行中国之法",局部实验,大收其效,即位后全面儒化,首诏即强调:"国以民为本,民以衣食为本,衣食以农桑为本。"关心民生,重农劝农,减轻民众负担,禁止扰民科派。故至元年间,"家给人足","民庶晏然,年谷丰衍"良有以也。

## 二、大展儒图

忽必烈即位诏,写得很诚恳、很儒家,开头指出:"惟祖宗肇造区宇,奄有四方,武功迭兴,文治多缺,五十余年与此矣。……先皇帝即位之初,风飞雷厉,将大有为,忧国忧民之心虽切于己,尊贤使能之道未得其人。"结尾宣布:"爰当临御之始,宜新弘远之规。祖述变通,正在今日,务施实德,不尚虚文"云。

忽必烈即位后先后用过中统、至元两个年号。儒家是中道,为中华道统。忽必烈建中统年号,又有自居"中原正统"之意。至元取《易经》"至哉坤元"之义。1264年12月18日忽必烈将国号由"大蒙古国"改为"大元",成为元朝首任皇帝,这个大元,取《易经》"大哉乾元"之义。从年号和国号,都可见忽必烈对儒家的尊崇。

忽必烈即位伊始,"采取故老诸儒之言,考求前代之典,立朝廷而建官府"。主要参考并且沿袭了宋金制度。同时诏立国史翰林院招揽儒学人才;诏十路宣抚使举文学才识、可以从政及茂材异等列名上闻;诏立诸路学校提举官,擢用博学老儒;重用姚枢、许衡、窦默诸大儒,民本原则得到一定程度贯彻。经济得到恢复,民众生活改善。江南偶有反元斗争,但都是小规模的。

总之,忽必烈的儒化,有相当的真诚度和深广度,从意识形态、制度设置、学校教育到官员队伍建设,可谓全方位、多层次。

以儒立国,这是对儒学的最高尊重。黄宗羲之子百家为《宋元学案》之《静修学案》按语说："鲁斋（许衡）、静修（刘因），盖元之所藉以立国者也。二子之中鲁斋之功甚大，数十年彬彬号称名卿材大夫者，皆其门人，于是国人始知有圣贤之学。"认为许衡和刘因二儒是"元之所藉以立国者"，立国是立制度，更是立文化。

或以为元朝设立"儒户"是对儒家的贬低，"无视儒本身只是一种信仰和文化"云，外行话也。诸色户计中也有僧道等户。佛道两教是元朝最盛行的宗教，僧人道士数量众多且地位很高。成吉思汗西征时，曾封全真教主丘处机为国师，忽必烈登基后以儒治国，辅以佛道，佛道两家中又更倾向佛教。

屠城是各蒙古汗国一大恶习暴行。但忽必烈一反蒙古帝国和蒙古贵族的故态，总是谆谆勉励将士，莫妄杀人。其伐宋的《兴师征南诏》，特别告诫"将士毋得妄加杀掠"。又专门当面戒谕伯颜，要他向"不杀一人"取江南的宋朝曹彬学习："古之善取江南者唯曹彬一人。汝能不杀，是吾曹彬也。"（《元史》）

《元史》载："丙戌，伯颜下令禁军士入城，违者以军法从事。遣吕文焕赍黄榜安谕临安中外军民，俾按堵如故。时宋三司卫兵白昼杀人，张世杰部曲尤横闾里，小民乘时剽杀。令下，民大悦。"《明太祖实录》载："伯颜之有祠堂，因其初入临安，市不易肆，有德于民，故庙食焉。"

占据临安后，忽必烈发布《归附安民诏》，诏谕江南一带，新附府州司县官吏士民军卒人等，相当宽大仁民："尔等各守职业，其勿妄生疑畏。凡归附前犯罪，悉从原免；公私逋欠，不得征理。一应抗拒王师及逃亡啸聚者，并赦其罪。……鳏寡孤独不能自存之人，量加赡给。"

平定南宋不久，忽必烈下令从南方士人中选拔官员。在恢复科举制之前，以儒户为官员后备队。

儒家没有杀戒。在以直报怨、诛一夫、复仇、革命的时候，在义刑、义杀、义战的时候，往往不能不杀，不得不"以杀止杀"，或者以杀体现世法、自然法和天理良知的公道。但是，儒家最怕误杀，最忌滥杀，特别慎杀。忽必烈在这方面颇受儒家影响。

任何战争和王朝的建立都难免杀戮流血。夏启应天顺人而建国，也不得不"与有虞氏大战于甘"；汤武吊民伐罪而革命，书亦云"流血漂杵"，以致孟子有"尽信书不如无书"之叹。汉武帝、唐太宗、宋太祖、明太祖无不"双手沾满鲜血"。元世祖一再告诫"将士毋得妄加杀掠"，以"不杀一人"的曹彬为榜样，此番用心，已是难得。

朱元璋还是吴国公的时候，曾召见儒生唐仲实询问汉高帝、汉光武、唐太宗、宋太祖、元世祖平定天下之道。对曰："此数君者，皆以不嗜杀人，故能定天下于一。"唐仲实是元末明初名儒，被时人誉为"东南学者之师"。可见朱元璋对忽必烈的推崇，始终一贯，在造元朝之反时也一样。

对忽必烈来说，"驱口"问题堪称"历史遗留问题"。"驱口"意为"被俘获驱使之人"。蒙古统治北方之初和灭金过程中，"以俘为奴"现象非常严重，主人还可任意杀害驱口。忽必烈登基后"禁止掠夺人口为奴"（北师大版历史教科书），对"驱口"做了一定的法律保护。

北师大版历史教科书写道："忽必烈推行重农政策，即位之初就下令……把许多牧场重新恢复为农田，禁止掠夺人口为奴；设立专门管理农业的机构'司农司'，规定以'户口增''田野辟''赋役平'作为衡量官吏政绩好坏的标准；诏令司农司编写《农桑辑要》，刊行四方。"颇为实事求是。当然，我们不能奢望忽必烈像林肯一样解放奴隶。

说忽必烈重开政治新局面并非过誉。成吉思汗和蒙古帝国屠城无数，重刑恶法，草菅人命，可谓恶业深重。是忽必烈不顾蒙古诸王的反对，尊孔尊儒，独挽狂澜。元朝赋轻税低、政治宽松，言论和信仰的自由度相当高，对此朱元璋和宋濂等《元史》编著者都一致承认。

忽必烈一系列儒家化措施和文明化努力，遭到众多蒙古贵族的激烈反对，包括成吉思汗儿子帖木格的玄孙乃颜和，还有忽必烈亲兄弟阿里不哥。蒙古诸王反对忽必烈的要因之一，就是反对"行汉法"。各个汗国纷纷脱离，各自为政，大多战乱不断，迅速衰弱分裂和灭亡，唯元朝最为文明和强大，稳定最久，一枝独秀。可谓功不唐捐，儒不白尊。

## 三、儒家集团

还是藩王的时候，忽必烈周围就开始出现了一批儒者，逐步形成了一个儒家集团。

赵复、刘秉忠、许衡、姚枢、郝经、张文谦、窦默、赵璧等等，都是元初赫赫有名的大儒，对忽必烈和元朝政治的产生过重大的思想影响乃至导向作用。

元儒都源于江汉先生赵复。《宋元学案》黄百家案："自石晋燕云十六州之割，北方之为异域也久矣，虽有宋诸儒迭出，声教不通。自赵江汉以南冠之囚，吾道入北，而姚枢、窦默、许衡、刘因之徒得闻程朱之学，以广其传，由是北方之学郁起，如吴澄之经学，姚燧之文学，指不胜屈，皆彬彬郁郁矣。"

《元史》载："自复至燕，学子从者百余人。世祖在潜邸，尝召见，问曰：'我欲取宋，卿可导之乎？'对曰：'宋，吾父母国也，未有引他人以伐吾父母者。'世祖悦，因不强之仕。"可见赵复视南宋为父母之邦，深怀故土之情。其讲友学侣门生弟子，无论是否仕元，对南宋的态度和感情多少受其影响。

众所周知，张弘范是灭宋的罪魁，但对于元朝来说，却是大功臣。而这个张弘范，就是儒生出身，而且师仇在身。他的老师是郝经，曾作为蒙古国使赴宋议和，被南宋丞相贾似道暗囚于真州十五年之久。至元十一年，忽必烈遣使赴宋"问执行人之罪"，正式发兵灭宋,于十二年进占建康。贾似道震恐,才派人礼送郝经归元。郝经当年病故。

郝经是一代大儒,曾自述其志说:"不学无用学,不读非圣书。不为忧患移,不为利欲拘。不务边幅事,不作章句儒。"在漫长的囚徒生涯中,郝经笔耕不辍,除上书数十万言与宋廷交涉外,还撰有《续后汉书》《易春秋外传》《太极演》《原古录》《玉衡贞观》《通鉴书法》等著作。

滞真州期间,面对宋方一再劝降,郝经对下属说:"一入宋境,死生进退,听其在彼,我终不能屈身辱命。汝等不幸,宜忍死以待。揆之天时人事,宋祚殆不久矣。"郝经被恩将仇报、无理囚禁,对其入室弟子张弘范的刺激无疑很大。郝经被囚期间,元先后派出五批使者往南宋议和,全被南宋守将或暴民杀害。

郝经使宋之前,友人忧有危险,劝他推辞。他说:"南北构难,兵连祸结久矣。圣主一视同仁,通两国之好,虽以微躯蹈不测,苟能弭兵靖乱,活百万生灵于锋镝之下,吾学为有用矣。"(《宋元学案》)郝经完全是为了避免生灵涂炭,希望缔结两国和平盟约,可惜被奸贼贾似道暗中囚禁而坏了大事。

许衡,号鲁斋,世称鲁斋先生,他还是天文历法学家,与郭守敬一起修订完成了《授时历》。这部是古代最优秀的历法。陶宗仪《辍耕录》载:许衡应征赴都,刘因问:"公一聘而起,毋乃太速乎。"答曰:"不如此则道不行。"后来刘因不受集贤学士之职,"或问之,答曰:'不如此,则道不尊。'"。

许衡和刘因两位大儒，一个速起而使"道得以行"，一个不起使"道得以尊"，以截然不同的态度和方式，同样从文化道德上给了忽必烈和元帝国以深度影响。

姚枢是许衡讲友，亦元初名儒和重臣，提过很多好建议，佐世祖定天下，力劝其"上答天心，下结民心，睦亲族以固本，建储副以重祚，定大臣以当国，开经筵以格心，修边备以防虞，蓄粮饷以待歉，立学校以育才，劝农桑以厚生"（《元史·姚枢传》）。世祖对之亦极其信赖，"凡内修外攘之政，咸委任焉"。

征伐大理时，姚枢讲了宋太祖大将曹彬攻占南唐后，不杀一人的故事，忽必烈第二天表示："汝昨夕言曹彬不杀者，吾能为之，吾能为之！"但大理杀害元朝使臣，却激怒了忽必烈，下令屠城。后在姚枢、郝经、刘秉忠劝导下改为"止杀令"。"裂帛为旗，书止杀之令，分号街陌，由是民得相完保。"1276年，元军攻取南宋临安前，姚枢再次建议元世祖"宜申止杀之诏，使赏罚必立，恩信必行"，同时禁绝宋朝鞭背、黥面等刑罚。

刘秉忠，元初大儒和大政治家，拜光禄大夫，位太保，参领中书省事。"四年，又命秉忠筑中都城，始建宗庙宫室。八年，奏建国号曰大元，而以中都为大都。他如颁章服，举朝仪，给俸禄，定官制，皆自秉忠发之，为一代成宪。"堪称元朝制度和元大都的大设计师。元都是历代都城中最接近周礼标准的。

史称刘秉忠从元世祖出征大理、云南时，"每赞以天地之好生、王者之神武不杀，故克城之日，不妄戮一人。己未，从伐宋，复以云南所言力赞于上，所至全活不可胜计"。又："秉忠自幼好学，至老不衰，虽位极人臣，而斋居蔬食，终日淡然，不异平昔。自号藏春散人。每以吟咏自适。"

另外，元世祖中统元年至三年共有十六位丞相，其中汉人（南人）七人，蒙古五人，回回一人，契丹一人，女真一人。汉人为史天泽（右丞相），王文统、赵璧（平章政事），张启元（右丞），张文谦（左丞），商挺、杨果（参知政事）。《元典章·吏部》"内外诸官数"载有元朝中期官员情况，其中汉人（南人）所占比例亦高于蒙古、色目人。这些汉人都是儒生。

文化能够返本，政治必然开新，政治儒家化，必然文明化，必有可观效果和成绩。忽必烈尊儒汉化的政治转型，具有重大历史意义，也有一定的现实启迪作用。

# 一生低首拜阳明

## ——王阳明略论和良知学简说

## 一、生平简历

王守仁（1472—1529），字伯安，号阳明子，谥文成，人称王阳明。浙江绍兴府余姚县（今浙江省余姚县）人。官至南京兵部尚书、南京都察院左都御史，因平定宸濠之乱等军功被封为新建伯，隆庆年间追封侯爵。

王守仁精通儒释道，归本于儒，是陆王心学的集大成者。其好友湛若水说：

"初溺于任侠之习，再溺于骑射之习，三溺于辞章之习，四溺于神仙之习，五溺于佛氏之习。正德丙寅（元年）始归正于圣贤之学。"（《阳明先生墓志铭》）

黄宗羲亦曰：

"先生之学，始泛滥于词章，继而遍读考亭之书，循序格物，顾物理吾心终判为二，无所得入。于是出入于佛、老者久之。及至居夷处困，动心忍性，因念圣人出此更有何道？忽悟格物致知之旨，圣人之道，吾性自足，不假外求。其学凡三变而始得其门。"(《明儒学案》)

考亭，地名，在今福建建阳西南。相传五代南唐时，黄子棱筑以望其父（考）墓，因名望考亭，简称考亭。朱熹晚年居此，建沧州精舍。宋理宗为崇祀朱熹，赐名考亭书院。此后因以"考亭"称朱熹。

世人称王阳明为明代最著名的思想家、教育家、文学家、诗词家、书法家、哲学家和军事家，历史上罕见的全能大儒。其实，圣贤大儒道全而德备，都多能或者全能。只是有没有机会施展而已。《论语》中，达巷党人就曾经称赞孔子："大哉孔子！博学而无所成名。"

王阳明生于明朝中叶，明宪宗成化年间，父王华，在成化中了状元，当时王守仁十岁，随父移居北平（北京）。

十一岁在京师念书时，他问塾师："何谓第一等事？"其师说："只有读书获取科举名第。"他说："登第恐未为第一等事，或读书学圣贤耳。"(《年谱》)此言与明末大儒李颙《四书反身录》中的一段话精神一致。李颙说：

"立志须做天下第一等事,为天下第一等人。志不如此,便是无志;志逊于此,便不成志。问:何如是'天下第一等事'?曰:'为天地立心,为生民立命,为往圣继绝学,为万世开太平。'如何是'天下第一等人'?曰:'能如此,便是第一等人。'"

各种记载都说王阳明自少"豪迈不羁"。据说他十三岁丧母,继母待他不好,他就买通巫婆捉弄继母,使得她从此善待他。当时王阳明肯定不懂经权论,但这个孩子气"捉弄",我觉得无意中符合权道。因为动机既善,效果又好。这个故事见于冯梦龙《智囊全集》,如下:

"王阳明年十二,继母待之不慈。父官京师,公度不能免。以母信佛,乃夜潜起,列五托子于室门。母晨兴,见而心悸。他日复如之,母愈骇,然犹不悛也。公乃于郊外访射鸟者,得一异形鸟,生置母衾内,母整衾,见怪鸟飞去。大惧,召巫媪问之,公怀金赂媪,诈言:'王状元前室责母虐其遗婴,今诉于天,遣阴兵收汝魂魄,衾中之鸟是也。'后母大恸,叩头谢不敢,公亦泣拜良久。巫故作恨恨,乃蹶然苏。自是母性骤改。"

更多迹象表明,王阳明是个早熟的孩子。例如,他十五岁时出居庸关,了解房情、观察地势与逐胡儿骑射;于当年闻石和尚、刘千斤暴动,即向朝廷献平乱方略;十七岁时,新婚之夜,入铁柱宫,向道士扣问养生之说；十八岁时，偕夫人从江西归越途中，至广信，向理学家娄一斋先生问学。娄一斋向他讲了"宋儒格物之学"和"圣人必可学而至"义理，对他影响很大。《年谱》说他当时"遂深契之"。

明弘治十二年（1499）考取进士，授兵部主事。王守仁做了三年兵部主事，因反对宦官刘瑾，于明正德元年（1506）被廷杖四十，谪贬贵州龙场（修文县治）驿丞。当时武宗忙于游乐，刘瑾专权。南京科道官戴铣（xiǎn）、薄彦徽等人因谏争而被逮系诏狱。王阳明抗疏相救，结果亦下诏狱，"已而廷杖四十，既绝复苏。寻谪贵州龙场驿驿丞"（《年谱》）。前往龙场途中，历经波折，成功逃脱锦衣卫追杀，最后在"龙场悟道"。

据《年谱》记载，当他躲过追杀后，曾有"远遁"的计划，但此时他却遇到了当年在铁柱宫相识的那位道士，他劝阳明说："汝有亲在，万一瑾怒逮尔父，诬以北走胡，南走越，何以应之？"于是阳明遂决定径往龙场驿所。

刘瑾的下场非常悲惨，自己被凌迟处死，亲属皆论斩。这个宦官头子作恶多端，但最大的罪恶应是谋害王阳明。另外一个太监叫张忠，曾受朱宸濠贿赂，诱帝亲征，并对王阳明百般刁难，后来也是被人举发，处斩。对于儒家圣贤，即使起意不良，也必遭天谴，何况付诸行动？

古人云："天道无亲，唯佑善人"。又云："皇天无亲，唯德是辅。"圣贤无疑是人世间最大的德、最大的善人。所以孔子说："文王既没，文不在兹乎？天之将丧斯文也，后死者不得与于斯文也；天之未丧斯文也，匡人其如予何？"（《论语·子罕》）又说："天生德于予，桓魋其如予何？"（《论语·述而》）有人说是盲目的自信，是迷信。非也。孔子必是"心有感应"，有实证，才出此言。

如果王阳明真的被刘瑾害死，就没有了后来的龙场悟道，那是不可想象的。不过这是不可能的。相反，从某种意义上说，是刘瑾成就了王阳明和"良知学"。

刘瑾伏罪后，王阳明任庐陵县知事，累进南太仆寺少卿，受到兵部尚书王琼赏识，荐举朝廷。正德十一年（1516）擢右佥都御史，继任南赣巡抚。

王阳明一生最大的军事功绩，是平定南昌的宁王朱宸濠之乱。全面平息宁王之乱，前后只用了三十五天时间，因此而获"大明军神"之称。有一个小故事，可以表现王阳明用兵之神：

"王文成与宁王战，尚锐。值风不便，我兵少挫。急令斩取先却者头，知府伍文定等立于铳炮之间，方奋督各兵殊死抵战。贼兵忽见一大牌，书'宁王已擒，我军毋得纵杀'，一时惊扰，遂大溃。次日，贼兵既穷促，宸濠思欲潜遁，见一渔船隐在芦苇之中，宸濠大声叫渡。渔船移棹请渡，竟送中军。诸将尚未知也。其神运每如此！"（冯梦龙《智囊全集》）

王阳明之神，更加衬托了宁王之蠢，不能成事是意料之中的。宁王兵败被执，见到王阳明，居然呼道："王先生，我欲尽削护卫降为庶民，可乎？"王阳明答："有国法在。"

据冯梦龙《智囊》介绍：

"宁藩既获，圣驾忽复巡游，群奸意叵测，阳明甚忧之。适二中贵至浙省，阳明张宴于镇海楼。酒半，屏人去梯，出书简二簏示之，皆此辈交通逆藩之迹也，尽数与之。二中贵感谢不已。阳明之终免于祸，多得二中贵从中维护之力。脱此时阳明挟以相制，则仇隙深而祸未已矣。"

明武宗正德十四年，宁王朱宸濠反叛被王阳明擒获后，武宗忽然又想以圣驾亲征为名，到南方巡行游乐，朝内奸人们对此各怀鬼胎，王阳明对此十分忧虑。正好有两个太监来到浙江，王阳明在镇海楼设宴招待他们。酒宴进行一半时，王阳明屏去侍从，去掉楼梯，拿出两箱信函让他们两个看，都是他们和宁王来往的书信，他把书信全部交还给他们。两个太监感激不尽。

这个故事体现了王阳明的通情达理、仁恕宽容和通权达变。良知是大道德，也是大智慧，是德智的高度统一。真可谓"智勇足以克敌，明哲足以保身"。以德服人，包括以力，但更重要的是以理、以礼、以情，王阳明对"二中贵"，就是以情服之、感之。当然，这个情，并不违理。

江彬等人忌妒王阳明的功劳，散布留言说，王阳明开始是朱宸濠同谋，在知道皇上要征讨后，才擒拿宁王朱宸濠以洗脱罪名。江彬等人还想要一并擒拿了王阳明，以作为自己的功劳。

面对此等违天灭礼的荒唐事，王阳明感到万分棘手。武宗皇帝此前曾从南京派来杭州一位太监张永，王阳明知其是忠心体国之人，便与他合计如何应对此事。张永说，顺着皇上的意思，让皇上获得擒拿宁王的威名，才有挽回此事于万一的可能；否则，若是逆着皇上的意思来，只能白白地激起小人们的怒气，毫无裨益。

王阳明于是将宁王交给张永，带给驻跸南京的武宗，以阻止武宗到江西去上演这幕活剧，并重新递上捷报，将擒拿宁王的功劳全部归了总督军门，然后称病躲到了净慈寺中。张永回到南京，在武宗面前极力称赞王阳明忠心，并告诉武宗"王阳明让功以避祸的意图"。武宗皇帝这才醒悟过来。王阳明的大祸也就免去了。

王阳明因平定"宸濠之乱"和江西、贵州、广西匪乱，拜南京兵部尚书，封"新建伯"。不久辞官回乡讲学，在绍兴、余姚一带创建书院，宣讲"良知学"。嘉靖六年（1527）复被派总督两广军事，后因肺病加疾，上疏乞归，次年十一月二十九日（1529年1月9日）因肺炎病逝于江西南安舟中。临终之际，身边学生问他有何遗言，他说："此心光明，亦复何言！"

他死后，由门人辑成《王文成公全书》三十八卷，其中在哲学上最重要的是《传习录》和《大学问》。

《明史》赞曰：

"王守仁始以直节著。比任疆事，提弱卒，从诸书生扫积年逋寇，平定孽藩。终明之世，文臣用兵制胜，未有如守仁者也。当危疑之际，神明愈定，智虑无遗，虽由天资高，其亦有得于中者欤。"

有人说"中国历史上立德、立功、立言都很显著的有两个半人"，两个人：诸葛亮、王阳明；半个人指曾国藩。这话当然不对，先秦立德、立功、立言的圣贤多了，尧舜禹汤文武周公是其中最优秀者。不过，王阳明确实值得这样推崇。功业姑不论，在立德、立言两方面，王阳明都远超诸葛亮和曾国藩。

王阳明的门徒遍及各地。在明代中期以后形成的阳明学派，影响很大，远播海外，特别对日本学术界有很大的影响。日本大将东乡平八郎就有一块"一生伏首拜阳明"的腰牌。日本三岛毅博士有一句诗："龙岗山上一轮月，仰见良知千古光。"

## 二、龙场悟道

王阳明于明武宗正德元年（1506年），因反对宦官刘瑾，被廷杖四十，谪贬至贵州龙场当驿丞。在这里，他对儒家义理进行了深入的思考和践履，一天半夜里，忽有大觉悟，思想有所转变与超越，这就是著名的"龙场悟道"。

据《年谱》描述：

龙场在贵州"西北万山丛棘中，蛇虺魍魉，虫毒瘴疠，与居夷人缺舌难语，可通语者，皆中土亡命。旧无居，始教之范土架屋以居。"除自然和生存环境险恶之外，政治环境同样险恶，"时瑾憾未已"，王阳明"自计得失荣辱皆得超脱，惟生死一念尚觉未化，乃为石㟽自誓曰：'吾惟俟命而已。'日夜端居澄然，以求静一。久之胸中洒洒……因念圣人处此更有何道，忽中夜大悟格物致知之旨，寤寐中若有语之者，不觉呼跃，从者皆惊。始知圣人之道吾性自足，向之求理于事物者误也。"

对于"龙场悟道"古今各家论说很多，视之为是王阳明学术生涯与生命历程的转折点。阳明本人于七年后，对这次颇有传奇色彩的悟道过程叙述说：

"守仁早岁业举，溺志词章之习，既乃稍知从事正学，而苦于众说之纷扰疲苶（nié），茫无可入，因求诸老、释，欣然有会于心，以为圣人之学在此矣！然于孔子之教，间相出入，而措之日用，往往缺漏无归；依违往返，且信且疑。其后谪官龙场，居夷处困，动心忍性之余，恍若有悟，体验探求，再更寒暑，证诸五经、四子，沛然若决江河而放诸海也。"

通过龙场悟道，不仅忧谗畏讥的悲愤凄凉的心态得到了改变，更重要的是生命质量得到了根本性的提升，其学术还是生活都具有了全新的意义。

阳明在其《玩易窝记》中形象地描绘了这一过程：

"阳明子之居夷也，穴山麓之窝而读《易》其间。始其未得也，仰而思焉，俯而疑焉，函六合，入无微，茫乎其无所指，孑乎其若株。其或得之也，沛分其若决，瞭分其若彻，菹淤出焉，精华入焉，如有相者而莫知其所以然。其得而玩之也，优然其休焉，充然其喜焉，油然其春生焉。精粗一，外内翕，视险若夷，而不知其夷之为厄也。"（《王阳明全集》）

他在这段时期写了《教条示龙场诸生》。龙场其时犹穷荒不文。王阳明每天与诸生讲学其间，于是就书写了这些教条用来教导、规范和勉励他们。一立志，二勤学，三改过，四责善。

王守仁龙场悟道，悟的就是王学的宗旨、良知的奥义。正如他自己所说："某于此良知之说，从百死千难中得来，不得已与人一口说尽，只恐学者得之容易，把作一种光景玩弄，不实落用功，负此知耳！"（《日知录》）

## 三、良知奥义

"良知"这个概念，始于孟子，但王阳明的"良知"与孟子的"良知"有所不同。孟子和王阳明两人所论的良知，层次不同，以良知为本体，始于阳明。

孟子曰："人之所不学而能者，其良能也；所不虑而知者，其良知也。"（《孟子·尽心》）赵注曰："不学而能，性所自能。良，甚也，是人之所能甚也。知，亦犹是能也。"

孟子的"良知"指一种天赋本能，包括恻隐之心、羞恶之心、辞让之心、是非之心等，但不是指生命中最根本的"东西"，不是指生命本性。它仍属于本性之作用。比《中庸》中"诚"之概念仍低一些。

在孟子那里，"良知"为人所独具，禽兽是没有的；在王阳明那里，"良知"为宇宙万物所共有。他说：

"人的良知，就是草木瓦石的良知，若草木瓦石无人的良知，不可以为草木瓦石矣。岂惟草木瓦石为然？天地无人的良知，亦不可为天地矣。盖天地万物与人原是一体，其发窍之最精处，是人心一点灵明。"（《传习录》）

人与禽兽本性无异，人与草木瓦石，本体共同。不过，草木瓦石因无生命，在这一期宇宙中，其"良知"当无显发的可能；禽兽有生命但肌体粗陋，"良知"显发程度有限，升不上来。就本体本性而言，它们的"良知"就像一个没有机会取用的存折，其巨额财富属于"原则上、理论上的存在"。故也可以说，只有人类才有"良知"。

王阳明又说:

"天没有我的灵明,谁去仰他高?地没有我的灵明,谁去俯他深?鬼没有我的灵明,谁去辨他吉凶灾祥?天地、鬼神、万物,离却我的灵明,便没有天地、鬼神、万物了。我的灵明离却天地、鬼神、万物,亦没有我的灵明。"(《传习录》)

这显然是从本性、本体的层面论"良知"的。孟子"良知"和王阳明的"良知"相通,有很多共同点,差别也是很明显的,当然不是境界问题,而是定义不同。从孟子"形色即天性""尽性即知天""上下与天地同流"等言可知,对于万物一体之真理,孟子与王阳明一样都是证悟到了的。

王阳明的"良知",相当于孟子的"性"和"天"和《中庸》的"诚"。孟子说:"诚者天之道也,思诚者人之道也"。明言"诚"为天道,便是本体。

人人习性不同,如同其面,本性则相同、相通,人人平等,士农工商,良知无异,士农工商都可以成德成圣。他说:

"所以为圣者,在纯乎天理,而不在才力也。故虽凡人,而肯为学,使此心纯乎天理,则亦可为圣人。""天地虽大,但有一念向善,心存良知,虽凡夫俗子,皆可为圣贤。"(《传习录》)

因此，王阳明提出"古者四民异业而同道，其尽心焉一也"的观点，把传统观念中一直被视作"贱业"的工商摆到与士同等的水平。王阳明《传习录拾遗》说："虽经日作买卖，不害其为圣为贤。"此说被称为"新四民论"。

以下是阳明先生晚年在越城时写的《咏良知四首示诸生》：

### 其一

个个人心有仲尼，自将闻见苦遮迷。
而今指与真头面，只是良知更莫疑。

### 其二

问君何事日憧憧？烦恼场中错用功。
莫道圣门无口诀，良知两字是参同。

### 其三

人人自有定盘针，万化根源总在心。
却笑从前颠倒见，枝枝叶叶外头寻。

### 其四

无声无臭独知时，此是乾坤万有基。
抛却自家无尽藏，沿门持钵效贫儿。

这些诗，都是对"良知"奥秘的体认和揭示。

《韩非子·主道》："有言者自为名，有事者自为形，形名参同，君乃无事焉。"

《后汉书·襄楷传》："其文易晓，参同经典。"

良知学，大学问也。《大学问》是王学要典。大学指大人之学。我把它理解为大的学问，虽非原义，自有道理。盖《大学问》讲的，确实是人世间最大的学问。王阳明《大学问》一开头就指出：

"大人者，以天地万物为一体者也。其视天下犹一家，中国犹一人焉。若夫间形骸而分尔我者，小人矣。大人之能以天地万物为一体也，非意之也，其心之仁本若是，其与天地万物而为一也，岂惟大人，虽小人之心亦莫不然，彼顾自小之耳。"

儒家圣贤，对于天下一家、中国一人、万物一体之理，是必须悟入的。证悟了这个道理，自然能够明明德、亲民和止于至善。这里的大人，就是"以天地万物为一体者也"的圣人，不以位论。

而悟入了"天地万物一体"的奥义，理所当然地能够"亲亲、仁民、爱物"，拥有民胞物与、己饥己溺的情怀，理所当然地具备无疆大爱，仁心勃勃。仁者爱人，是基于儒家的世界观、人生观和价值观。儒家的仁爱，与其他学派宗派最大的不同在此。

"间形骸而分尔我者"就是小人。陆象山云:"宇宙不曾限隔人,人自限隔宇宙。"按照这个标题,别说士人,便是君子,也未必是大人。

## 四、四句教

王阳明自己用四句话概括其为学宗旨:"无善无恶心之体,有善有恶意之动,知善知恶是良知,为善去恶是格物。"这就是著名的四句教。

关于四句教,古今误读者众,连南怀瑾老先生也未能免俗,他在《答问青壮年参禅者》中有一段对王阳明的批评很严厉。其实错在南怀瑾自己。我曾经指出,王阳明于道已真明,南怀瑾发言很不谨,作一短文《关于王阳明四句教——小驳南怀瑾》驳之。

王阳明四句教乃是真悟道之言。"无善无恶心之体",与慧能"何期自性本自清净"类似。慧能说过:"何期自性本自清净,何期自性本不生灭,何期自性本自具足,何期自性本无动摇,何期自性能生万法。"这个本自清净、本无动摇的自性(即心体)是体用合一的。

有客问难:阳明晚年四句教首句"无善无恶心之体",以"无善无恶"形容心体,岂非与"人性善"矛盾?我的回答是:

阳明之意,心体是绝对至善的,超越一切正负、相对价值的限制,所谓"无善无恶,是为至善"是也,相对的善恶概念不足以名之。王阳明《大学问》说"至善"就是吾心之"良知",他说:"至善者,明德亲民之极则也。天命之性,粹然至善,其灵昭不昧者,此其至善之发见,是乃明德之本体,而即所谓良知也。"

民国段正元在论《大学》中曰:"至善二字,亦有先后天之分。先天至善,心性相通,保合太和,纯然粹然,毫无渣滓。"心体活泼自由,并不执着于具体善恶观念,不执着于善的作用形式。因为世俗善恶观念及善的作用形式,会因时、因地、因群体而异,而心体先天至善之性却是永恒的。

又有人问:本性至善(作为本性的良知的良,作至善解),恶从何来?

这个问题儒家早已解决。一般理解阿赖耶识是净染同体的,善善恶恶什么种子都有,良知在本体上也类似,包含有染净两种种子而又超越垢净,非染非净。

本体超越而又涵盖现象界的善恶,善恶同体而善更本质,此理宋儒已有所认识。如程颐曰:"天下善恶皆天理,谓之恶者未本恶,但或过或不及便如此……"明言"恶者未本恶"(《二程遗书》),过则为恶。

再讲透一点:心体无善无恶,一"动"起来,即作用起来,就会"有善有恶",发为善念善行或恶念恶行,就有了价值取向,各种善恶心念与行为形成习性(佛教认为习性的形成不限于今生,而是多生累劫积累而成)。善习的作用是正面的、善的,恶习的作用是负面的,非正常的。

一般说到习性,多指恶习,习性与良知的关系,相当于佛教的烦恼与菩提关系。烦恼不是菩提,但烦恼转过来即是菩提——烦恼习性本身是没有根的。如果把本性比为虚空或太阳,所有烦恼习性就像烟云雾霭,无论怎样浓厚,都是因缘生灭的。(借喻而已,并不精确,实质上,太自然的天空和太阳都是现象层面的东西,都属于本体的"产物",有生有灭。当这一期宇宙坏灭之时,太阳虚空都会消灭掉的——太阳的寿命只怕比虚空短多了)。

## 五、"知行合一"论

"为善去恶是格物"。在王阳明那里,格物就是致良知的功夫。"良知"是"知","致"是推致、是行。"致良知"即内含着"知行合一"的意义。

作为一种认识论,知行观在中国哲学史上出现甚早,《尚书·说命》中就有"知之非艰,行之唯艰"之语。古代知行观,自春秋至唐,均以《左传》所倡知易行难为主。到了程朱,传统知行观别开生面。

程朱理学认为"知"与"行"之间,"知"逻辑在先,处于更重要的优先的地位。可以概括为:知高于行、知先行后或知本行末。如程颐的观点:

"君子以识为本,行次焉。今有人,力能行之,而识不足以知之,则有异端之惑,将流荡而不知反,好恶失其宜,是非乱其真,虽有

尾生之信，曾子之孝，吾弗贵也。"（《程氏粹言·心性》）

"须是识在所行之先。譬如行路，须得光照。"（《二程遗书》）

"譬如人欲往京师，必知是出那门，行那路，然后可往；如不知，虽有欲行之心，其将何之？"（《二程遗书》）

反命题为：不知则不能行。"学者固当勉强，然不致知，怎生行得？勉强行者，安能持久。"（《二程遗书》）

程颐曰："古之言知之非艰者，吾谓知之亦非易也。今有人欲之京师，必知所出之门，所由之道，然后可往。未尝知也，虽有欲往之心，其能进乎？后世非无美材能力行者，然鲜能明道，盖知之者艰也。"（《二程粹言》）

"问：'民可使由之，不可使知之'，是圣人不使知之耳，是民自不可知也？曰：圣人非不欲民知之也。盖圣人设教，非不欲家喻户晓，比屋皆可封也。盖圣人但能使天下由之耳，安能使人人尽知之？此是言人不能，故曰'不可使知之'。"（《二程遗书》）

朱熹继承了二程观点，认为知先行后：

"义理不明，如何践履？"（《朱子语类·学三》）

"知与行功夫须并列……然又须先知得方行得，所以《大学》先说'致知'，《中庸》说'知'先于'仁''勇'，而孔子先说'知及之'。"（《朱子语类》）

"穷理既明,则理之所在,动必由之。无高而不可行之理,但世俗以苟且浅近之见谓之不可行耳。……理之所在,即是中道。惟穷之不深,则无所准则,而有过不及之患,未有穷理既深而反有此患也。"(《文集》卷四十一《答程允夫》)

程朱倡知先行后说,虽认为知行有先后、轻重之分别,但两者不可分割、不可偏废。先知并非达到"知至才去力行",而是主张在具体实践中"知行互发",其实属于知行不二论。

"论知之与行,曰:方其知之而行未及之,则知尚浅;既亲历其域,则知之益明,非前日之意味。""圣贤说知,便说行","中庸说学问思辨,便说笃行"。(《朱子语类·学三》)

"论先后,当以致知为先。论轻重,当以力行为重。"(《朱子语类·学三》)

王阳明在"知行不二"的基础上进一步开出了"知行合一"说,知必能行,行必有知。他说:"知之真切笃实处即是行,行之明觉精察处即是知。"(《传习录·答顾东桥书》)"未有知而不行者,知而不行,只是未知……如称某人知孝、某人知弟,必是其人已曾行孝行弟,方可以称他知孝知弟,不成只是晓得说些孝弟的话,便可称为知孝知弟。"(《传习录》)他还说:"一念发动处即是行。"(《传

习录》)

王阳明反对朱熹的"先知后行"之说，认为朱熹"先知后行"有分裂知行之嫌——这是王阳明的误会。两人的知行观及其学说并没有原则性的矛盾。

黄宗羲评价朱熹、陆九渊时说过："二先生同植纲常，同扶名教，同宗孔孟。"(《宋元学案》)其子黄百家也说："二先生之立教不同，然如诏入室者，虽东西异户，乃至户中，则一也。"这些话用于朱熹与王阳明同样合适。

## 六、王阳明之偏

阳明"良知学"是对孔孟之道的一次发展性继承和继承性发展，是对儒家内圣学的一次提升和光大。但也略有偏颇。

大学八条目：格物、致知、诚意、正心、修身、齐家、治国、平天下。格物的格是衡量、研究、推敲之意，物是指自然社会生命等全宇宙一切事物，包括人类的身和心。格物致知，意味着观察研究各种事物，通过各种科学、社会实践，总结成知识，上升为理论。

但王阳明偏解了"致知"这一概念，仅将"物"理解为心性，将"格物"狭隘化为"格心"，将"格物致知正心诚意修身"全都局限于心性修养，容易导致良知狭隘化、儒学单调化、世界虚拟化、生命枯燥化。

浙江安吉有个竹博园，我曾经去参观过。在这个占地1200亩的

"竹类大观园"内，饱览了世界各国"奇篁异筠"，了解了千年来竹子的加工利用史。

其中，栽培利用厅，以实物的形式来说明当前竹子栽培利用的科学技术水平，一一展现了竹子在各个领域的加工、生产和人们日常生活中的各种竹制品；工艺集萃厅，收集有全国各地的竹编、竹雕、竹扇等工艺精品；历史资源厅追溯六千多年的竹历史，记载了繁衍数千年的竹文化传统，从客观和微观的不同角度介绍了我国以及世界竹林资源情况；国际交流厅，展出美洲、非洲、东南亚等二十多个国家赠送的竹制品……总之，这里汇聚着古今中外人们"格竹子"，格出来大量关于竹子的知识。

而当年王阳明是怎么"格"竹子的呢？据《年谱》载，他是取官署中竹格之，"深思其理不得，遂遇疾"。据说整整格了七日，静坐在竹子面前冥想，一连七昼夜，终于病倒而一无所获，遂得出结论：知识不能从研究客观事物中得来，说什么"天下之物本无可格者，其格物之功只在身心上做"。许多年后他依然对此次的失败感叹说："遂相与叹圣贤是做不得的，无他大力量去格物了。"（《传习录》）

王阳明早期尊崇程朱理学，他的格竹行为，是为了实践朱熹的"格物致知"。不料格了七天七夜，什么也没发现，人却因此病倒，从此对"格物"学说产生了极大的怀疑。

于是，王阳明开始反对程颐、朱熹"从事事物物中求理"的"格物致知"方法，认为事理无穷无尽，格之则未免烦累，故提倡从自己内心去求理，认为"理"全在人"心"，"理"化生宇宙天地万物，人秉其秀气，故人心自秉其精要。他赞成陆九渊"心即理"说，认为格物的下手处，就是体认本心，不消外求。因此他们被称为"陆王学派"。不过，王守仁并不完全认同陆九渊，说：陆象山之学"其学问思辨，致知格物之语，亦未免沿袭之累"。

许多哲学著作把王阳明格竹子的故事，当作一个典型事例来阐述王阳明的哲学思想。这个故事许多书里都提到过，最早见于王阳明《传习录》(钱德洪序)：

先生曰："众人只说'格物'要依晦翁，何曾把他的说去用！我着实曾用来。初年与钱友同论做圣贤要格天下之物，如今安得这等大的力量？因指亭前竹子，令去格看。钱子早夜去穷格竹子的道理，竭其心思，至于三日，便致劳神成疾。当初说他这是精力不足，某因自去穷格，早夜不得其理。到七日，亦以劳思致疾，遂相与叹圣贤是做不得的，无他大力量去格物了。及在夷中三年，颇见得此意思，方知天下之物本无可格者；其格物之功，只在身心上做；决然以圣人为人人可到，便自有担当了。这里意思，却要说与诸公知道。"

东海当年读书至此，未免失笑。不是通过观察竹子的四季变化去研究竹子生命活动的规律，不是通过实验科学的方式，去解剖竹子去认识竹子的内部结构和生长规律，去了解竹子的组织和器官的构造，而是面对竹子苦思冥想或进行消极、静止、僵化的观察，那怎么可能掌握竹子的生长规律以及竹子的性能用途等知识？那样"格"法，别说七昼夜，便是坐一辈子，也"格"不出个所以然来。

因缺乏科学的"格"法，王阳明格竹子遂成了一个历史笑话。对格物致知的曲解，则导致了其良知学"先天"的局限和"后天"的流弊。

或问：儒家怎么看待自然科学？答：儒家强调实践，大学八条目，归结于修身齐治平，重在政治实践；诚正，重在道德实践；格致，重在科学实践（政治科学等实践在根本上可纳入道德实践）。格物致知的"物"，可包括自然、社会、肉体、精神等一切现象，这里指物质现象，格致学即自然科学。

我觉得这么理解"格物"才是正确的。如果像王阳明那样把格物的物理解为"心"，与"诚意正心"就重复了。

另复须知，人文方面，格竹也是可以格出义理来的。在《君子亭记》中，阳明曾借用竹子来说明此种理想人格的特征：

"竹有君子之道四焉：中虚而静，通而有间，有君子之德；外节而直，贯四时而柯叶无所改，有君子之操；应蛰而出，遇伏而隐，雨雪晦明无所不宜，有君子之时；清风时至，玉声珊然，中采齐而协肆夏（采齐、肆夏，皆古乐曲名），揖逊俯仰，若洙、泗群贤之交集，风止籁静，挺然特立，不屈不挠，若虞廷群后，端冕正笏而列于堂陛之侧，有君子之容。"

这不就是格竹的效果吗？

王阳明说"夫万事万物之理不外于吾心"，殊不知，吾心之理亦不外于万事万物，离开了万事万物，何来吾心之理？研究、探索万事万物之理，也是致良知的法门，也有助于明自本心、见自本性。根据心物一元论，心外无物，物外亦无心；本质与现象不二。注意，对于良知之一生命本质来说，意识和物质都属于现象。

阳明弟子钱德洪在将《大学问》收入阳明《文录·续编》时加了一段按语，其中提到："师（王阳明）常曰：'吾此意思有能直下承当，只此修为，直造圣域。参之经典，无不吻合，不必求之多闻多识之中也。'"

"不必求之多闻多识之中"这句话殊属不当。儒家并不轻视和排斥知识，而是强调下学上达，知识通达智慧，智慧通达道德。"格物致知"即属下学之事，《论语》开头就要求"学而时习之"，学，包括各种自然、人文、科学知识的学习积累。只要不被局限，知识当然越多越好。某些人确实有知识越多越愚昧的现象，故佛教有"所知障"之说。但那责任不在知识。

## 七、永远的榜样

请注意，王阳明只是略偏"格物"一词，并非错误，不违儒家原则。王学是从内圣领域发展了孔学和儒学。他的不少言论，堪称至理名言。例如：

"破山中贼易，破心中贼难。"孔子强调克己复礼。克己，克除自己的恶习。破心中贼，就是克己的形象说法。

"人心之得其正者即道心；道心之失其正者即人心。"并非人心之外有个道心在。佛教说，烦恼即菩提，也是这个道理。

"有志于圣人之学者，外孔孟之训而他求，是舍日月之明，而希光于萤爝之微也，不亦谬乎？"这句话颇有现实意义。自五四提出"打倒孔家店"的口号后，现在还有一些学者认为，打倒孔孟之道，才有真正道德，"去圣才有真孔子"。不是太荒唐了吗？

自由派最为赞美"独立之精神，自由之思想"，并误会和攻击儒家精神不能独立、思想不能自由。王阳明的良知说足以驳斥这种谬言。王阳明说：

"夫学贵得之心，求之于心而非也，虽其言之出于孔子，不敢以为是也，而况其未及孔子者乎？求之于心而是也，虽其言出于庸常，不敢以为非也，而况其出于孔子者乎？"（《答罗整庵少宰书》）

还有比这更加独立自由的人吗？儒家的圣人崇拜，是建立在良知崇拜基础上的，所谓"千圣皆过影，良知乃吾师"。而良知崇拜，归根结底是真理崇拜。只要是真理，即使是平民百姓所说，也不敢反对；如果是谬论，哪怕是孔子和圣人所说，也不敢苟同。孔子之所以值得崇拜，正是因为他德行义理皆圆满，由经典流传下来的言论，无不符合良知原则。

王阳明是对东海的影响最大的人物之一。东海大良知学就是秉承阳明良知学而来。良知无所谓大小，只因为对良知的体悟略有不同，故加一大字，以示区别。

2007年暑假，东海回故乡，当时杭州天气"溽暑酷热"难当，正好闭门偷闲，读儒佛经典。读到《王阳明全集·传习录拾遗》中的一段话，仿佛冷水浇头，不禁凛然自警，赧然自惭。《传习录拾遗》第十三条：

"先生初登第时，上《边务八事》，世艳称之。晚年有以为问者，先生曰：此吾少时事，有许多抗厉气。此气不除，欲以身任天下，其何能济？"

自想进入网坛以来，批判政治，痛斥极权，固不乏浩然正气，却也有许多抗厉气和张扬、浮躁、偏激、乖戾之气，自己这些不良习气不消除，欲追求儒家宪政、振兴中华民族，"其何能济"呀？

# 儒家不需要为清朝背黑锅

清末以来，多数学者将清朝衰败和灭亡的原因归结于儒家。其实完全搞反了，清朝的衰败，恰恰是尊儒不到位而偏离了儒家政治正道所致。清朝的问题在于政治上的满族主义和君本位倾向，民族歧视和文字狱等恶果都根源于此。

这两种倾向有违"民本位原则"和"中国一人"的民族平等思想，偏离了王道精神和儒家正确的方向，政治正义性不够。因此，我将清朝与元明定位为中华偏统，其特征是，能够以儒家为指导思想，政治为德治，制度为礼制，但由于种种原因又偏离中道，不够儒家。

我说过，扬州嘉定的屠杀和文字狱是清朝两大污点，是满族主义病症的大发作，沉重地拉低了清朝的文明度和中华性。仁义不足，故开国多杀戮，治国太狭隘，都有违儒家义理。有此两大障碍在，清朝再怎么尊孔尊儒，也无法进入中华正统的行列。

偏统政权，有善有不善，争议特别大，或见其善而赞美之，过度拔高；或见其不善而抨击之，完全否定。唯儒家"正法眼"，才能"好而知其恶，恶而知其美"，给以合理如实的评价。

尊儒是清朝的成功和清初的兴旺的根本原因。多尔衮虽非儒家，但他尊孔尊儒，重用儒家，颇受儒家影响。清入关前已祭孔，入关后第二个月，多尔衮即派人祭孔，并成为定例。顺治二年六月，多尔衮"谒先师孔子庙，行礼"，并尊奉四书五经为最高经典，列为士子必读必考书。

明王朝本就尊儒不够，儒化不足，中晚期更是渐入魔道，大失民心，故让李自成成了气候。但李自成集团盗匪成性，不能尊儒用儒，不知重民爱民，同样不得人心。不仁不义之师，必然无智无勇，故将官虽众，不堪清军一击。满清入关，捡了一个历史性的大便宜。但捡便宜也需要一定机会和功夫。机会是李自成给的，功夫是儒家给的。

顺治进一步尊儒，为康乾盛世打下了扎实的文化道德根基。"迨帝亲总万几，勤政爱民，孜孜求治。清赋役以革横征，定律令以涤冤滥。蠲租贷赋，史不绝书。践阼十有八年，登水火之民于衽席。虽景命不融，而丕基已巩。"（《清史稿》）

他不顾满洲亲贵大臣的反对，倚重汉官，迅速而牢固地树立起儒家的意识形态地位。他亲政后的第二个月，即遣官赴孔子故乡阙里祀孔子，号召臣民尊孔读经。九年九月他亲率诸王大臣等到太学隆重释奠孔子，亲行两跪六叩礼。他谕学官、诸生说："圣人之道如日中天，讲究服膺，用资治理。尔师生其勉之。"他赞美说："天德王道备载于书，真万世不易之理也。"

接着康熙在位61年，是秦汉以后在位时间最长的皇帝。他自幼好儒家，乐学不倦，《清史稿》称他："圣学高深，崇儒重道。几暇格物，豁贯天人，尤为古今所未觏。而久道化成，风移俗易，天下和乐，克致太平。"日本人对他也极为推崇，翻译了《圣谕》，称之为"上国圣人"。

康熙治下，清帝国成为当时世界上幅员最辽阔、经济最富庶、人口众多的帝国。《全球通史》评价："康熙有理由这样自信。他统治的中国是世界上最强大、最富庶的国家，就连那些自命不凡的欧洲来访者，也不得不承认这一点。"反孔反儒的柏杨也说他是"中国历史上最英明的君主之一"。

清朝国子监设率性、修道、诚心、正义、崇志、广业等六堂作为讲习所，学习内容以四书五经为主，兼习书法，还可选修诸子和"十三经""二十一史"。设置不错，却也不够科学和全面。如率性、修道、诚心、正义、崇志，没必要细分，可以合而为一。不如依大学八条目，分为格致、诚正、治平三堂。

汤斌是清初理学名臣、著名清官，曾陪顺治读书，给康熙讲课，做太子师傅，官至工部尚书。他一生清廉，所到之处，体恤民艰，弊绝风清。后与李光地一起被康熙帝斥为伪道学。雍正十年平反，并入祀贤良祠。乾隆元年，谥文正公，道光三年，从祀文庙。《国闻备乘》载：

"汤文正公斌抚吴莅任时，夫人公子皆布衣，行李萧然如寒士，日给惟菜韭。公一日阅簿，见某日市只鸡，愕问曰：'吾至此未尝食鸡，谁市此者？'仆以公子对。公怒，立召公子责之曰：'汝谓苏州鸡贱于河南耶？汝思啖鸡，便可归去，世无有士不能咬菜根而能作百事者。'并笞其仆而遣之。"

类似汤斌这样的儒者，清朝层出不穷。到了晚清，依然有不少高官清廉节俭成风。胡思敬在《国乘备闻》中"督抚奢俭"篇分别介绍了晚清高级干部的奢俭情况。袁世凯、端方、唐炯、唐绍仪等奢侈，左宗棠、阎敬铭、陶模、李秉衡及于荫霖、丁宝桢"皆以清操自励"，又，"秉衡与鄂抚于荫霖为密友，敬铭与东抚丁宝桢为姻亲，四人皆有俭德，唯疾恶太甚，小人多不便之"。

《国乘备闻》中"翁师傅晚境"这则纪实让人感慨万千："晚年罢官家居，薄田数顷，不足供家用，岁暮大困。无子，有侄曰曾桂，当同龢在军机时，一手挈之以起。时任浙江藩司，缺甚腴，因贻书告贷。苏、杭相距只一日程，竟置书不答。翁同龢愤甚，检书画朝珠数事付质库，始获度岁。"

翁同龢历任户部、工部尚书、军机大臣等，为同治、光绪两朝帝师，门生故吏遍天下，在京师贵幸用事者，听说老师和老领导一贫至此，凑了些钱托翁的同乡和弟子孙雄转交，结果孙"尽干没之，不以告同龢"。翁是大书家，楹联尤值钱，"同龢没后，书名大噪，一楹联值二十金……以曾为帝师，入枢府，不便鬻技自给"。

以儒学为意识形态又为"整个华夏种族在人格智力与骨气上"

提供了底线。能出现康乾之盛,能有效抗击洪杨帮,衰落时还能孕育洋务派和改良派,涌现众多仁人志士,非偶然也。

清政优点明显。例如,清朝对宗室的约束极为严格。《国乘备闻》载:"旧制,皇族不得离城,不得经商,不得置产,不得外任,防范极严。后此例稍破,郎中文瀛、御史惠铭,皆以京察一等简放道府以去,而经商置产者无闻。生齿既众,贫富不均,专恃公禄赡养,坐食无所事事,窘甚,多不能自给。"可见,即使到了晚清,清朝对宗室的约束大体仍在。

清朝皇族虽然尊贵,清贫者众,如溥伦还是宗室近支,家境就很清寒。《国乘备闻》中记载了一个宗室贵妇陪酒的故事:"尝有友人入内城赴宴,各征一妓侑酒。门外车马阗咽,忽见一艳妆少妇,年约二十许,乘红托泥车扬鞭竟入。问从何来?曰:王府街宗室某宅。及入座,遍拜座宾,即侑酒者也。"

君主权力及财权也受到一定制约。"文宗北狩,行在提款过多,宝鋆坚不奉诏。穆宗大婚,内务府告匮,假之部库,部臣力争,谓府、部界限甚清,不可牵混从事。孝钦初兴园工,游百川、屠仁守先后入谏,几罢者数矣。李鸿章等虽善迎合,不能不籍海军报效之名,掩饰国人耳目。是用财之权,君主亦不能专也。"

《国闻备乘》载:"总管太监李莲英有养子四人,福恒、福德、福立、福海,各捐郎中,分列户、兵、刑、工四部候补,亟请于孝钦谋实授。一日,刑部尚书葛宝华入见,孝钦以福海托之,宝华曰:'与以小乌布则可,补缺当遵部例,臣何敢专?'孝钦默然,不敢言破例也。"孝钦者，慈禧也。

清朝各部郎中以下的官员，实际负责办事之人称为"乌布"，属低级官吏。慈禧太后想帮亲信太监李莲英的四个养子谋官，被刑部尚书葛宝华以"补缺当遵部例"的理由驳回，只能给以"乌布"低级职位。晚清尚且如此，之前可知；慈禧和李莲英尚且如此，他人可知。

清朝堪称儒家政权中最差劲的一个，但仍有底线，不低于60分，有一定的文明性、宽容性。建政以来，大儒、大德、贤臣、清官、仁人、义士层出不穷，中期之前还能受到各国一定的尊重。到了晚期，体制内还能够出现包括光绪帝在内的洋务派、改良派和立宪派，试图救国救世。

晚清儒家群体领导的"戊戌变法"是中国宪政追求的发端。康有为在《上清帝第六书》、代拟《清订立宪开国会折》《请君民合治满汉不分折》提出定宪法、开国会、行三权鼎立之治，建议光绪帝"上师尧舜禹三代，外采东西列强，立行宪法，大开国会，以庶政与国民共之，行三权鼎立之制"。

大学士孙家鼐劝光绪："若开议院，民有权而君无权矣。"光绪答："朕但欲救中国，若能救民，则朕无权何碍？"变法失败，宪政追求遭受重大挫折，但一蹶又振。日俄战争前后，众多开明之士和清朝中央地方大员，包括军机大臣瞿鸿禨、直隶总督袁世凯、两江总督周馥和湖广总督张之洞都要求立宪。

《镇国公载奏请宣布立宪密折》中指出："宪法之行，利于国，利于民，而最不利于官"，"宪法既立，在外各督抚，在内诸大臣其权必不如往昔之重，其利必不如往日之优，于是设为疑似之词，故作异同之论，以阻扰于无形。彼其心非利有所受于朝廷也，保一己私权而已，扩一己之私利而已"。

或说立宪有损君权，载泽指出立宪有三大利：皇位永固，外患渐轻，内乱可弥；或说立宪利汉不利满，他说："方今外强逼迫，合中国之力尚不足以御之，岂有四海一家自分畛域之理？""不为国家建万年久长之祚，而为满人谋一家之私有"，"忠于谋国者决不出此"。

光绪三十一年六月十四日上谕，派员考察各国宪政；光绪三十四年八月一日，清政府颁布了《钦定宪法大纲》。宪法保障国民诸多权利，包括参政、言论、著作、出版、集会、结社以及人身权利不受侵犯等等。但清廷坚持以九年为预备立宪期，导致立宪派的大规模请愿抗议，要求立即召开国会，组织内阁。

清廷接受了资政院关于取消皇族内阁、召开国会的建议。于十月三十日连发三道上谕，表示要"誓于我国军民维新更始，实行宪政"，并立即释放政治犯，开放党禁，命令资政院起草宪法，在颁布宪法前拟定重大信条十九条，宣誓于太庙。《十九信条》采英国虚君共和制，比《钦定宪法大纲》更为先进。

或说"满清乃是部落政权，不能期待部落政权会自我更化"云云，非也。部族政权比家族政权品质差些，自我更化能力也差些，但不至于差得太多。光绪、康有为的"维新变法"尽管因为种种原因失败了，不能否认那是清朝自我更化的努力。

把清朝偏离儒家造成的种种问题栽到儒家身上，将儒家与清朝捆绑在一起打倒和摧残，导致空前严重的文化自伐、道德自毁和圣贤自侮。现在要把这个问题讲清楚：儒家不需要为清朝背黑锅！

# 向日本索赔

日前在《文摘周报》(2002年07月29日)上看到一篇转载自《党史文汇》(2002年第7期,作者王先勇)的文章:《中共党史刊物披露中国放弃对日战争赔偿要求始末》。

日前在网络重睹此文,万感填膺,不吐不快!有网友敦请老枭写文,要求日本政府付1800亿美元的国民赔偿。固所愿也,当仁不让。同时,老枭还想借助有关资料,趁机回过头来为大伙算一算历史旧账呢。

## 一、近代中国的战争赔款

按国际惯例,在每一份战后签署的和约中都包括战争赔偿的内容。这种由战败国向战胜国缴纳的赔偿,款额往往极大,如1894—1895年甲午战争,战胜的日本就通过《马关条约》以战争赔偿的名义从战败的中国清政府手中掠走白银两亿两。在中国革命博物馆的《近代中国陈列》中,展示着一幅"近代中国战争赔款统计表"。自鸦片战争开始,近代中国的对外赔款计有百余次,战争赔款总值多少？由于计值单位、计值尺度、计值范围的不同，说法有七八种之多。其中，数值最高者为银十九亿五千三百万两，最低者为十余亿两，被史学界广泛采用者为近十三亿两。

不论采取何种统计，数额之巨都是惊人的，这些还不包括第一次鸦片战争中英军在定海、厦门、宁波、镇海掠取的官银数，以及在厦门、舟山、宁波、镇海等地抢劫后变卖财产的值银数，不包括第二次鸦片战争中英法联军焚掠圆明园给中国人民造成的损失。据相瑞花先生《试析近代中国的战争赔款》一文介绍：

在近代战争史上，中国偿付的赔款有：（1）第一次鸦片战争赔款，含《广州和约》规定的赎城费六百万银元，英国商馆损失费六万两千三百七十二银元；中英《南京条约》中规定的鸦片烟价六百万银元、商欠三百万银元、军费一千二百万银元。（2）第二次鸦片战争赔款关平银一千六百万两，含中英《北京条约》中规定的英军军费银六百万两、商亏银二百万两；中法《北京条约》中规定的法军军费银七百万两、商亏及抚恤费银一百万两。（3）1874年琉球事件赔款库平银五十万两，含中日《北京专条》中规定的日本修道筑房费四十万两、抚恤费十万两。（4）1876年马嘉理事件赔款关平银二十万两，含中英《烟台条约》中规定的军费、商欠、抚恤费。（5）1881年伊犁事件赔款九百万银卢布，含中俄《改订条约》中规定的军费、商亏、抚恤费。（6）1895年甲午战争赔款库平银二万三千一百五十万两，含中日《马关条约》中规定的军费二亿两，威海卫驻军费一百五十万两，《辽南条约》中规定的赎辽费三千万两。(7) 1901年庚子赔款,含《辛丑各国和约》中规定的偿付诸国赔款关平银四亿五千万;地方赔款一千六百八十八万两。(8) 1906年拉萨事件赔款,含中英《续订藏印条约》中规定的两百五十万银卢比。共计八大笔。

近代中国战争赔款总值约为库平银九亿五千六百八十一万四千零七两,合关银九亿四千一百三十七万五千四百五十一两,合十三亿两千六百三十二万三千八百四十七银元。相当于1901年清政府财政收入的十一倍。巨额战争赔款,犹如套在中国人民头上的枷锁,给中国人民带来了沉重的负担和深重的灾难,严重地阻碍了近代中国的社会进步。

甲午战争赔款在中国财政史上产生了划时代的影响,中国为支付日本赔款举借了庞大的债务,列强通过借贷攫取了中国大量利权,控制了中国部分财政主权。近代中国的财政经济自此一蹶不振。庚子赔款又是对中国人民最大的一次勒索,清政府的财政经济陷入全面崩溃。

光绪二十七年十月二日,湖广总督张之洞等在关于各省分派赔款数额巨大,请减免四成以纾民力电中称:"各省分派赔款为数过巨,筹措万难。方今民生困穷,商业凋弊,经去年之变,各省商民元气大伤,种种筹款之法,历年皆经办过,久已竭泽而渔,若再痛加搜括,民力既不能堪,赔款仍必贻误。"张之洞等并指出:"无论如何,筹加筹捐,无非取之于民。当此时势,民心为国家第一根本。以民穷财尽之时,倘再尽力搜括追呼,以供外国赔款,必然内怨朝政,外愤洋人,为患不堪设想","若百事俱废,专凑赔款,将兴学练兵,农工商务,一切养民治民卫民之自强要政,概行搁置不办,则民心日涣,士气日离,国势日微,外侮日甚,内乱将作,大局亦必难支"。

张之洞等揭示了当时地方各省的财政困境及其后果。清政府的财政已经到了无财可言的地步。但是,为了能够"凑足分派之数,如期汇解",各省、关仍然不得不倾力搜刮。主要办法是加重旧税、开征新税。计有地丁、杂赋、租息、粮料、耗羡、盐课、常税、厘金、洋税、节扣、续完、粮捐、盐捐、官捐、杂捐、节省和赔款捐等项。在这些名目下,各省的筹款方法虽不尽相同,但沉重的赋税负担,都毫无例外地加在百姓身上。结果,中国的社会经济愈加停滞落后,人民的生活状况愈加贫困不堪。

近代历史上,列强发动多次侵略性的对华战争,强加给我国一份份掠夺性、强制性、奴役性的不平等条约,每一份条约中都规定了战争赔款。从现代国际法的角度看,一些条约是无效的。然而在特定的历史条件下,清政府事实上依约偿付了列强索要的赔款。后来的中华民国政府、北洋军阀政府、国民党政府,继续偿付了清政府积欠下来的剩余赔款额。

当时,列强政府,尤其是日本政府想到中国人民了吗?想到他们"如果要求中国对他们赔偿,其负担最终将落到广大中国人民的头上,这样,为了支付对列强包括日本的赔偿,中国人民将长期被迫过着艰难的生活"了吗?

## 二、以德报怨

第二次世界大战结束后，那些受战争破坏远较中国为轻的东南亚国家，都不同程度地获得了赔偿，其中缅甸、菲律宾、印度尼西亚所得赔款分别为二亿美元、五亿五千万美元和二亿二千三百万美元，甚至连当时尚未统一的越南南方吴庭艳政权也获得了赔款三千九百万美元。此外日本还向老挝、柬埔寨、新加坡等许多受害国家提供了战争赔偿。同时，苏联从德国获得一百二十亿美元的战争赔偿；犹太人从德国获得六百亿美元的赔偿……

从30年代到第二次世界大战结束，日本军国主义给中国造成的损失是死伤军民三千五百万人，经济损失六千亿美元以上。要求战争赔偿，原是合情合理也合国际法的。

在抗日战争结束之初，作为当时国民党政府首脑的蒋介石，曾有过对日索赔的打算。后来为得到美国的支持和帮助，在日本赔偿问题上一改原来的积极立场，转而专看美国的脸色行事，对美国对日和约七原则和备忘录采取"无可奈何"的态度。关于赔偿问题，台湾当局表示可酌情核减或全部放弃。最后，为求得一个所谓"中国合法政府"代表的形象，委曲求全，彻底放弃了战争赔偿。

1971年10月25日，第26届联合国大会恢复了中国在联合国的一切合法权利，中国成为联合国成员国和安理会常任理事国。不久，田中角荣出任日本内阁总理大臣。田中就职后立即宣布把日中邦交正常化作为自己的首要任务。随着邦交正常化时机的成熟，战争赔偿问题又一次摆在中日两国政府的面前。

日本前社会党委员长佐佐木更三60年代访问中国时，曾与毛泽东谈起过赔偿之事。在田中访华之前，佐佐木把周恩来后来对这件事的态度告诉了田中后说，我认为对方不会要求赔偿，可是既然去，还是得作好万一对方提出赔偿要求时的准备。对此，田中回答，如果对方提出赔偿，只要数额适当，我打算赔。

然而，周恩来就放弃战争赔偿问题作了下述指示：第一，中日邦交恢复以前，台湾的蒋介石已经先于我们，放弃了赔偿要求，共产党的肚量不能比蒋介石还小。第二，日本为了与我国恢复邦交，必须与台湾断交。中央鉴于日本与台湾的关系，在赔偿问题上采取了宽容态度，有利于使日本靠近我们。第三，如果要求日本对华赔偿，其负担最终将落到广大日本人民的头上，这样，为了支付对中国的赔偿，他们将长期被迫过着艰难的生活。这不符合中央提出的与日本人民友好下去的愿望。

于是，《中日联合声明》有了这一条款："中华人民共和国政府宣布：为了中日两国人民的友好，放弃对日本国的战争赔偿要求。"1978年，五届全国人大常委会第三次会议批准的《中日和平友好条约》再次以法律文件的形式确认了放弃对日战争赔偿要求的决定。

据说日中友好协会会长宇都宫德马说过这样一番话："假使要日本拿出五百亿美元的赔偿，按当时的日本经济能力来说，也需要用五十年才能支付清，那肯定会阻碍日本经济的成长发展，结果也不会有今天的日本，这一点是不应忘记的。"

中国人民做出如此巨大的牺牲，"长期被迫过着艰难的生活"，借此达成"与日本人民友好下去的愿望"，值得吗？可能吗？

1945年8月，蒋介石发表讲话，号召中国人民"对战败的日本，要以德报怨"，严重违背了孔子"以直报怨"的原则。于是，一系列前无古人的怪招出手：

1. 将一百二十万罪恶累累，此时已成为中国俘虏的在华日本军人，和八十万其他日本人，在短短几个月中"礼送出境"。

2. 当有人提出，应将日本天皇裕仁，作为头号战犯处以绞刑时，蒋介石在各战胜国领袖中第一个提出反对，且建议美国人保留日本的天皇制。德、意、日三个法西斯国家的元首，希特勒自杀身亡，意大利国王战后经公民投票被废黜，并被永远驱逐出境，只有日本的裕仁不但毫发未损，且继续任君主直至1988年才寿终正寝。裕仁死后有英国报纸说：他早就该下地狱了！

3. 蒋介石反对向日本索取战争赔款。他说："发动这场战争的是日本军阀，要求日本人民赔偿战争损失是不公平的。"

4. 反对分割占领日本。1945年美国要求中国派军队占领日本的九州岛，被蒋介石拒绝。

日军侵华期间烧杀、抢劫、奸淫，恶行累累，欠下了多少血债！1956年6月至7月，中国最高人民法院特别军事法庭在沈阳和太原开庭，对日本侵华战争中的战犯进行了审判，结果被起诉的三十六人并未被判处死刑和无期徒刑,最高判处监禁二十年,不久大部分被提前释放。另外一千零十六人免于起诉,分三批送回日本。

我们总是强调一衣带水的友好邻邦,总是说,发动这场战争的责任主要是少数军国主义分子,广大日本人民也是战争受害者,战争责任应由一小撮日本军国主义者承担。

我们总是基于中日人民发展友好关系的大局考虑,处处与人为善,换来的是什么?是真的"明确表示痛感过去由于战争给中国人民造成的重大责任并对此深刻反省"吗?

## 三、民间索赔

曾在三个纳粹集中营待过的幸存者尤金·纽曼说过:"金钱永远是个好东西。我可以拥有它,但是,我永远不能让我的父母和祖母复生,永远不能抚平我心灵的创伤,永远不可能让我得到过去曾经拥有的一切。"

然而,在和平年代,以什么来偿还血债呢?金钱毕竟是对受害者的一种无奈的补偿和安慰,是对施暴犯罪者的一种象征性的惩罚,是迟到的一点公正。德国二战劳工赔偿基金会在给纳粹受害者的最后一次赔偿时,德国媒体有文章说:"受害者得到了足够的伤害,而德国人却享尽风光。如今,在过去半个世纪之后,大多数德国人都认为至少应该还纳粹劳工一点公正。"

1990年8月,九名已过古稀之年的日本老人收到了每人两万美元的受害赔偿及一封布什总统言辞恳切的致歉信。这是二战发起国之一的日本侨民向美国政府索要的十二亿五千万美元受害赔偿的一部分。1991年初,经过四十六年的努力,数以万计的日本侨民及加拿大的日裔也向加拿大政府要回了三亿加元的受害赔偿。

饱受日本侵华战争迫害的中国平民,更有权利和理由向日本索赔!日本侵华战争遗留下来的种种问题,如日本遗弃在我国的化学武器、强征我国妇女充当侵华日军"慰安妇"及强征劳工等,日本必须予以赔偿!我们和日本之间放弃了国家之间的赔偿,但是并没有放弃民间索赔的权利。

1992年3月11日,中国外交部新闻发言人发表讲话时说:二战中的"民间受害者可以直接要求日本赔偿损失"。江泽民在赴日访问前答日本记者问时,也阐述了中国政府的立场:"放弃国家要求日本给予战争损失赔偿。但是,对民间要求赔偿的动向不加限制。"

日本的侵略给我国造成三千万生命消亡和无数财富毁灭,据有关专家估算,日本对我国的战争赔偿应不少于三千亿美元,其中政府索赔一千二百亿,民间索赔一千八百亿。

1988年9月,山东省茌平县张家楼村二百多村民,通过日本驻中国大使馆向日本政府转呈了中国公民的第一封索赔书。1992年3月21日,童增、陈建、杨颐、陶国峰等一万名中国公民在北京发出了致日本国会的公开信,强烈要求日本国向遭受巨大生命财产损失的中国人民进行谢罪和赔偿……上世纪90年代以来,中国百姓对日本战争行为的民间索赔不断。

然而，据有关人士透露，目前我国战争受害者在日本打的索赔官司有六十多个，迄今除"花冈事件"索赔案达成和解外，几乎全部败诉判决。

日本政府认为，根据1972年的中日联合声明，中国政府已放弃了战争赔偿权。日本法庭还有形形色色的理由：超过诉讼时效，个人不能作为国际法庭的诉讼主体，民间无资格把政府作为被告，个人行为不应由政府承担赔偿，日本现有法律不支持赔偿，地方法院无力追究政府的赔偿责任，被告否认事实，法庭也不予认等等。

拖延审理周期也是日本应对民间赔偿案的一个手段，如"花岗事件"起诉时有十一名原告，到了庭外和解时只剩下二人。战争受害者均年事已高，战争留下的创伤之外，旷日持久的诉讼又成了他们的一种精神和肉体上的折磨。

1951年8月在美国旧金山签订的《对日和平条约》第14条规定："日本应对它在战争中所引起的损害与痛苦给以赔偿。"当时的客观事实是日本战后的确没有赔偿能力，《和约》又规定：有关国家可以直接和日本举行谈判，日本可以给以必要的劳务赔偿。

根据日本民法的有关免责规定，遭受不法行为侵害二十年内不提起诉讼，其损害赔偿请求权将自动丧失。我国法律界人士分析说，这些规定是不适用于战争赔偿的，与国际法的相关规定也是相违背的。既然当时有关的国际法规已对日本的战争赔偿责任（包括对民间受害者的赔偿责任）已明确确定，既然日本宪法规定日本"必须诚实地遵守其所缔约的条约和被确立的国际法则"，那么，这些国际法规范可以也应该构成日本国家赔偿法的内容和原则要求，而直接成为日本对中国民间受害者作出赔偿的法律依据。

关于"个人不能作为国际法庭的诉讼主体"问题，中国的民间受害者大多提起的并不是国际法上的诉讼，而是依据日本法律的涉外诉讼。因此，日本法院的观点即使能成立但也不适用中国民间受害者的赔偿诉讼。

基于已有的判例和日本的现状，专家们普遍认为各类民间赔偿案在日起诉均前景暗淡。因此纷纷选择新的策略，在第三国起诉。

由孙靖律师担任中方法律顾问的中国二战劳工索赔团，已于去年8月23日在美国加州法院对日本三菱、三井两公司提出赔偿诉讼。孙律师介绍说：去年美国加州通过了《强迫劳工赔偿法》和《日军战争责任道歉议案》，美国国会最近也通过了《日军档案公开法案》，这些议案、法案为各国劳工起诉日本企业提供了有力的法律支持。因此，去年至今，各国劳工在美国法院起诉日本企业的案件目前已达二十多起。

孙律师说，在第三国提起诉讼，对在日本本土进行的民间索赔案也起到了积极作用，比如花岗事件的庭外和解，以及731部队细菌战受害赔偿案在拖延了几年之后进入调查取证阶段，都和日本法院感到了压力有关。日本法院毕竟不希望越来越多的民间索赔案跑到美国去打。

据了解，孙靖代理的另一起对日索赔案：潘家戴庄村民集体诉讼案也可能选择在美国起诉。孙律师说，这亦和美国有巨大的华人社团支持有关。孙靖律师说，我们从个案入手，将要谋求的是全中国近四万名劳工问题的整体解决。

林晓光副研究员说，在第三国起诉，即使胜诉，能否在日本执行也还是个问题。但从索赔想要达到的目的来看，我们不仅要求实际的赔偿，更注重法律过程。如果法庭判决对罪行后果进行赔偿了，那就意味着法庭首先认定了犯罪事实。

无论结果胜负如何，民间索赔可以通过诉讼让法庭见证战争的罪恶，让日本正视其犯罪的事实，有助于事实真相的揭露和正义声音的传播。

纳粹战犯的战争罪责曾经也未被充分揭露和普遍认可，但犹太人不依不饶、穷追不舍，终于使战犯受到了应有的审判。我们对日索赔的法庭战争也将是一场持久战。应得的权益，应得的赔偿，我们已放弃得太多了，我们当过太多的冤大头滥好人，这最后一张牌，我们不能再放弃了。

《南方都市报》等媒体曾说："按照国际法的规定，2010年是中国民间对日索赔的最后期限"，而德国就解决二战期间对犹太人战争赔偿问题的最后期限是2010年，美国加州就解决二战期间战争赔偿问题的最后期限也是2010年。又有法律界人士分析认为，二战结束后的国际立法明确确定了"战争犯罪没有追诉时效限制"的原则，民间受害者的战争赔偿也不应受时效的限制。而美国加州等地方性法律法规，并不能作为整个二战期间遗留问题的最后时间期限的定论。

但是，无论如何，时不我待，事不宜迟——当年侵略战争受害者在世的已愈来愈少，少数幸存者也年事日高。老枭建议，由有关当事人和海内外各界社会知名人士、热心侠义之士成立一个"中国人民对日索赔委员会"，将各省市地方松散的索赔组织和个人团结起来，变散兵搏斗为大兵团作战，统一指挥，迅速行动，向日本政府讨还宿债，向右翼分子讨个公道，向国际社会讨个说法，给子孙后代一个负责任的交代！

2002 年 08 月 01 日

本文有关数字、文字资料依据：

《中国政府放弃中日战争赔偿始末》（2002 年 07 月 29 日《文摘周报》，作者王先勇）

《试析近代中国的战争赔款》（1999 年第 1 期《青海师大大学学报》作者相瑞花）

《对日讨还劳工血债》（2002 年 02 月厦门日报）

《日教科书事件激起人民愤慨 我民间索赔再掀波澜》（北京青年报 2001 年 04 月 20 日）

# 附："二十四孝"批判（微集）

【1】"二十四孝"有正常也有反常，非儒书也。其故事来源，有刘向的《孝子传》，有古代神怪小说，还有佛教故事改编。如郭巨埋儿、卧冰求鲤出自干宝的《搜神记》，前者反常情，后者反常识，都违反儒家精神；鹿乳奉亲故事史籍没有记载，《佛说睒（shǎn）子经》《六度集经》则有，主人公不同而已。

【2】"埋儿奉母"的故事最邪。因担心三岁之子"分母之食"，居然要杀子，违常情，悖伦理，反孝道，莫此为甚。他们没想到，母亲得知孙子被埋，会伤心死。俗话说虎毒不食子，孟子言"无后为大"。纵然母亲不伤心，奈列祖列宗何？奈天理人伦何？杀子比一般杀人更违天悖理。

【3】儒家不戒杀，义刑、义杀、义战都离不开杀戮，但绝不允许杀害无辜。这是儒家厉禁，没有任何通融余地。孟子、荀子都说：杀一无辜而得天下不为也。三岁之子何辜，郭巨欲杀，丧心病狂，虽未杀成，其心可诛。"郭巨埋儿"的故事误导世人匪浅，且为反儒派提供了最好的弹药，故必须端本正源。

【4】"戏彩娱亲""恣蚊饱血"，有违常情，都不着调；"孝感动

天""刻木事亲""哭竹生笋""涌泉跃鲤",更不靠谱,怪力乱神,子不语也,无儒家范,有宗教味。盖现行版本的二十四孝,是元朝郭居敬对历代流传的二十四孝增删而成,二十四孝最早版本是出自五代的佛教变文《二十四孝押座文》。

【5】"孝感动天",没错,感动禽兽、感天动地都完全可能。但说感来"象耕鸟耘",则无经典史籍依据,也显然非事实。除非人力驱使,象鸟纵然感动,不能为人耕耘。又如"哭竹生笋""刻木事亲"故事中的神迹记载,若是宗教,自然可以,非儒家所宜也。

【6】破冰驱蚊,办法种种,"卧冰求鲤""恣蚊饱血",用身体的热量去融冰和喂蚊,最不可行,既违反常识,也违反圣训,如此行孝,实为不孝。《孝经》云:"身体发肤,受之父母,不可毁伤,孝之始也。"卧冰恣蚊,行为愚蠢,自伤其身,无益于事,不足为训也。

【7】或说:"事实是一回事,理念是一回事;是否合乎常情是一回事,能否表达价值是一回事。"此言大谬。儒家是中道、常道,理念价值,贵在中正,必须中正,不允许反常。同时特别尊重事实,不许虚构,不语怪力乱神。若非事实或有乖常情,即使"表达的理念和价值可取",吾儒不取也。

【8】或以易经"神道设教"说为"二十四孝"中的宗教性神迹辩护,这是对《易经》之言的误读。"神道"的神不是指神祇,而是形容天道四时运行从无差错。神道设教,意味着以天道教化天下。马一浮说:"易言神道者,皆指用也。如言显道神德行,谓其道至神耳。岂有圣人而假托鬼神之事以罔民哉?"

【9】天人感应、因果报应及心转物，都是正理。天人不二、自有感应，因果不昧、自有报应；心物不二，人之智慧和潜能无限，心能转物，理所当然。但转物、报应和感应都有一定规律在。天人感应说又称灾异说，《春秋》记载了大量灾异之事。然灾异现象有其自然性和合理性，与宗教神迹大不同。

【10】世愈乱灾异愈多，这就是天人感应。只不过灾异与人事的对应联系，未必如董仲舒"联想"得那样刻板。如定元年冬十月《春秋》书曰"陨霜杀菽"。董氏说："菽，草之强者。天戒若曰加诛于强臣。言菽，以微见季氏之罚也。"说这个现象是上天提醒定公应该及早诛杀季氏。其然，岂其然乎。

【11】子不语怪力乱神，意味着圣人语常不语怪，语德不语力，语治不语乱，语人不语神。《春秋》所书灾异一百二十二，如日食三十六，陨石一，不雨七，无冰三，大雨震电一，雨雪三，大雪雷三，地震五，山崩二，大水九，大旱二，饥二，无麦苗一……诸如此类，没有任何怪力乱神。

【12】〔日〕福泽谕吉在《劝学》中对"二十四孝"提出严厉批判。他说：从古以来，在中国和日本，劝人行孝的故事很多，以"二十四孝"为最著名，这类书籍，不胜枚举。但其中十之八九，是劝人做世间难以做到的事情，或者叙述得愚昧可笑，甚至是把违背道理的事情誉为孝行。

【13】"比如在严寒中，裸体卧在冰上，等待融解，这是人们所不能做到的；又如在夏天的夜里，把酒洒在自己的身体上，以饱蚊

呐，免得蚊子再去咬他父母的身体。如将沽酒的代价来置备蚊帐，岂不更为明智？"

【14】"再如不从事可以奉养父母的劳动，到了无法可施时，却将毫无罪过的赤子挖洞活埋，像这样的人只当认为是魔鬼、蛇蝎，其伤害天理人情，达于极点。前引'不孝有三'之论中既认为不生子是大不孝，现在却又将生下的儿子挖洞活埋以绝其后，究竟怎样做才算是孝行，这岂非前后矛盾的谰言？"

## 附：黎文生序

## 广传仁音　同致大良知

我对东海老人的关注，是从他弘扬中华文化开始的，大约在2006年左右吧。现在回想起来，这种关注并非出自偶然，而是有其内在的必然。我是一名较年轻的临床医生，在行医中看到的现实，加上借助互联网间接了解到的很多信息，引发了我对人生社会诸多问题的思考。当时的我怀着"忧国忧民"（同事的调侃）的焦虑，寻求解决之道。但一般人的论述，正谬交错，难契我心，而东海老人的文章，极大程度地吸引了我，引发了我内心的共振，我开始仔细研读他的文章，受益匪浅。

中华文明曾在很长的历史时期内领先于世界，但在近现代落后了。在清政府的专制统治下，中华文明（以儒家为主流）遭受到严重的压制和异化。而西方自由主义的兴起，制度和科学的先进，列强的武力侵犯，使中国无法再闭关锁国了，必须应对西方文明的挑战。自五四以来，国人在对待传统文化时很不理智。许多知识分子反思传统时，认识不到儒家文化根柢处的殊胜，猛烈批判，加上清末革命压倒改良以及日本侵华等历史原因，儒家文化更加弱化。到

"文革"，儒家文化在中国大陆几乎被扼止，道德遭践踏，人性被扭曲，结果使中国传统文化遭到严重破坏。

然而否极泰来，中国毕竟在逐渐进步。现在，由于优秀文化的缺位，制度与道德建设仍很落后，中国目前积累了很多的矛盾，太多问题需要解决，太多的思想偏误需要纠正。社会处于转型期，一个思想争鸣的年代又在中国开启了。

自由主义的弘扬，确实促进了民主政体在全球广泛地确立，很大程度地提升了人类的文明程度。但自由主义以关注外在自由为主，内在道德资源不足，不足以为人生提供安身立命之所，而内在道德资源不足，外在自由也会受到局限。"心外拜神"的各种神教，尽管有一定的积极作用，但其粗陋狭隘处，也是很明显的。佛道尽管高妙，毕竟主出世。随着科学的长足进展，人类的能力得到巨大的提高，但这种能力给人类造成毁灭性灾难的风险也同时在增加。

时代呼唤更高级的文明！

不少有识之士逐渐认识到儒家文化的优秀，但儒家思想受到太多的歪曲，近现代在中国更是走向衰落。儒家是崇尚"时中"的，其根本精神须体现于对现实的应对之中。"天地之德不易，而天地之化日新"（王船山语），儒家需要与时俱进。儒家具有最大的兼容性，一切好的东西，都可以为我所用。新时代的大文化人，应该真正契入儒家根本义理，并广摄其他各家学说，才真正有能力应对现实中的种种问题。换句话说，真正的大文化人，须要集古今中外文化之大成，主动引领时代进步。

东海老人正是这样一位应运而现的大文化人，他最终归本于儒，是因为通过自己的体悟，反复比较各家学说，发现儒家义理最具真理性，最深刻地揭示了人生与宇宙的实相。道本无名，名相不是太重要的东西，关键在于其体现出来的义理。所谓儒，亦是假名尔。孔子开创的儒家文化，经历风雨两千五百余年，不同时代名相亦有变化，但生命力不减，就是因为儒家指向的是人天常道，名相的变化不影响她的优秀，正所谓玫瑰不叫玫瑰，依然芳香如故！

东海老人说的良知，即是指人之本性、宇宙本体，是万化的根源。就良知与万物关系而言，万物均被良知所拥有，又个个拥有良知，换言之，一切生命的本性平等无二，生命的本性与宇宙本体实则为一，因人最能体现良知的大用，故说到良知，主要针对人而言。就体用而言，良知是体，但体不独在，须现为大用，即体即用，体用不二。就良知与心物关系而言，良知含藏心物两方面的信息，故曰亦心亦物；但心或物只是良知的两方面表现，任何一方均不是良知，故曰非心非物；在终极层面，良知泯灭了心物差别，故曰心物一元。就良知与善恶关系而言，良知超越了一般的善恶观念，故又称至善；良知知善知恶，能为善去恶，恶是善的过与不及，因而无根，故方便称为良知。就良知与人的道德、社会制度、物质文明而言，各种以仁（在本体层面说仁，即指良知）贯之的道德条目如义、理、智、信、忠、勇、善、节、和、孝、悌、温、良、恭、俭、让、宽、敏、惠、敬、爱、友、逊、廉、正、聪等等，社会制度的先进，物质的极大丰富，都属于良知的阐发，而这一切，都通过人的实践得以体现。

良知无形无象,但真实存在,任何言语、意识都不是良知,"言语道断,心行处灭",但良知必须借助这些得以显现,须靠内在体悟来肯定。对良知信不及,解不透,对大良知学就不能得其精髓,遇到具体问题,则易出偏出错。大良知学,就是要导人识得良知,凭良知行动,既防范个人意志的无主狂奔,又挺立人性的尊严,将纷繁复杂的世界统一起来,生之有本,化之有序。

大良知学是对传统儒学的传承、纠偏与升级。大良知学直承大易,遥接孔孟,继承理学、心学而纠其偏,融摄佛道而纠其寂灭虚静,吸取自由主义等各家学说的有利因素而弹其不足。特别需要说明的是,大良知学的建立,离不开熊十力先生极富开创性的新儒学构建。

孔子曰仁,孟子取义,仁义是儒学血脉。在孔子那里,内圣外王赅备,兼具格物致知的科学精神,但对"形而上"的阐述略嫌粗糙,对科学也重视不够。理学心学在内圣方面进一步深化,"形而上"的构建亦更加精细,然对外王学及科学相对重视不足。佛道对本体的体认极为高深,但偏于寂灭虚静……

以良知解说本体,始于王阳明,王阳明诗"此是乾坤万有基"即指良知。良知与孔子说的"仁",《易》中的"乾元",《大学》中的"明德",理学的天理,佛家的真如,道家的太极,均指向同一个层面——本体。但体用不二,对本体的证悟不同,其显用会不同。化用《金刚经》的一句话说:"一切圣贤,以对良知的证悟程度不同而有差别。"大良知之所以曰大,在于大良知是人生与宇宙的实相,具有大生广生的刚健之德,体用不二的圆融,融摄道德精神、制度精神、科学精神等。大良知学兼容佛道诸家并对之弹偏斥小,结合现实做出符合儒家根本精神的应对,是儒学与时俱进的升级版。

大良知学,为个人提供成德成圣的精神资粮,提供安身立命之所,信仰良知不灭,极富宗教精神,以人人成圣作为最终目标。在政治层面,大良知学主张吸取现在运行已经较为成熟的民主制度之精华,并在此基础上进一步实现王道政治,最终目标是世界大同。大良知学统摄科学精神,主张利生万物,开物成务,创建高度的物质文明,达到人与自然的高度和谐统一。

我读东海老人的文章,反复思量,竟然找不到一点道理上的偏差,令我惊叹。深究下去,原来是东海老人究透了学问的根本,形上形下圆融无碍,故本立而道生,从心所欲不逾矩。这样才真正有能力对各种学说进行弹偏斥小,使之回小向大。东海老人论著极多,对形上之大道,形下之各种人生社会的原则问题,都已基本论透。接下来的主要工作,是如何将大良知学弘传开来,落到实处。

据说熊十力先生常说的一句话是:吾学贵在见体。同样,对大良知的真正把握,就是要真见体。这可不是一件容易的事,通过指引,能悟入良知,还须现为大用,才是真见体。如东海老人在《大良知学纲要》中所说:"儒家应从政治、社会、教育、科研等各种实践活动中去致大良知,从高度的政治文明、物质文明和精神文明中去体现大良知的全体大用和'神通'。换句话说,宇宙生命系统本体的'明德'有赖于人类去'明',个体的道德要从政治、物质和精神诸文明的发展去体现。"而《大良知学》一书的出版,正是希望引导人能信能解,并在实际生活中去行,最终证入大良知。

本书不应当作一般文化介绍性书籍看待,反复阅读,仔细斟酌,落实于行动中,方真受用。

一般人对儒学有种偏见,认为儒学只是器用层面的学说,另一方面又常将佛道神化,认为释迦牟尼、老子是高不可及的,实际上是对三家学说不了解所致。三家学说都不易得其精义。通过《大良知学》的介绍,我们可以知道儒学是更圆融无碍的学说。大良知学将形上形下打成一片,适合上中下士研习,但在短期内,难以指望很多人能悟入无相大光明(即大良知)的奥义,故需要有识之士的参与弘传。在当今的中国,则更具迫切性。我们愿意看到更多的人了解、传播大良知学,化成行动的力量,形成正信正见,提升道德,促进社会制度改良,解决社会的各种矛盾,共同开创真正的华夏文明!

看来现实是很难产生真儒大儒。但我们不应灰心,只要我们力所能及地传播大良知学,尽量做好自己,就能涤除陋习,天地将会更新,更高级的文明将在神州大地实现。让我们以东海老人《习性论》中的一段话共勉吧:

一个有志之士,应双管齐下:既以民主自由的追求,强化内在自由的高度,又以内在自由为民主自由的理想提供追求的力量。内外自由，相辅相成。让我们努力让自己的意志与道德先自由起来，做一个不为形役，不为物役，不为特权所役的独立高尚之士——纵一时不能高格，至少做一个合格的人。

2009 年 6 月 6 日